旅　順

日露決戦の分水嶺

柘植久慶

PHP文庫

○本表紙図柄＝ロゼッタ・ストーン（大英博物館蔵）
○本表紙デザイン＋紋章＝上田晃郷

まえがき

私はこれまで日露戦争について、幾つかの作品で記述してきている。とりわけ旅順攻囲戦はその焦点だけに、多くの資料に当たったのであった。

しかしながら中国政府が旅順地域を、外国人に対してずっと開放しなかったことで、ついに現地を踏査する機会に恵まれないでいた。ところが二〇世紀末になって、ついに状況が一変したのである。

そうしたときPHP文庫から、旅順を巡る日露両軍の攻防を、新たな視点から書いてみないかとの、書き下ろしの依頼を受けた。願ってもないタイミングなので、直《ただち》に旅順での現地取材を実施したのだ。

一つの戦場について真正面から語るには、フィールドワークこそ不可欠の条件である。これは作品に立体感と距離感を与えるため、どうしても求められてくる条件だと言える。とりわけ距離感の曖昧な作品は、ノンフィクションにおいて致命的な欠陥となるからだ。

この旅順という東洋一――いや世界有数の鉄壁の要塞を巡って、日本軍とロシア軍の両軍がいかに知恵を絞り、どのように戦いを進めたか。それを頂点に立つ乃木希典《まれすけ》大将とアナトリイ・ステッセル中将が、そしてもう一人――ロマン・コンドラチェンコ少将が、いかに時間の経過のなかで判断し決断を下していったか。それを中心に据えてみることにした。

私の少年時代――まだ日露戦争に従軍した人たちが、周辺に多数健在であった。私は機会があるごとに戦争当時の話を聞いていたから、まだ鮮やかに記憶のなかに残っている。だからそれらのうちから旅順での戦闘に関するものを、随所に紹介してゆくつもりである。

旅順に最初の段階で投入された、東京の第1師団、金沢の第9師団、善通寺の第11師団に所属した人たちの話は、この上なく悲惨なものばかりであった。軍司令部は再三の失敗にも懲りず、山上の敵陣に対し単調な突撃を繰りかえし、半年足らずの攻囲戦において、実に六万からの死傷者を出したのだ。

「あのような軍司令官（乃木大将）と参謀長（伊地知《いじち》幸介少将）の下で戦った儂《わし》らは不運だったよ！」

と、六〇代半ばの老人は戦死していった戦友を思い出し、少年だった私の前で不覚にも落涙した。

泣き出さないまでも、拙劣な戦闘の展開に怒りを露《あらわ》にした人や、途中で絶句する人も少なくなかった。そのことが私の記憶に深く刻みこまれたのは言うまでもない。

私が旅順を訪れたのは、二〇〇〇年一一月末のことである。選抜将兵の白襷《しろだすき》隊による松樹山攻撃が失敗に終わり、営口から児玉源太郎大将が旅順に入って、第3軍司令部の無能な首脳部から指揮権を事実上取り上げた、丁度同じ時期を意識的に狙ったのだ。

そして現地旅行社の計らいによって、東鶏冠山北堡塁、水師営、二〇三高地、旅順市内を訪れ、貴重な時間を過すことができた。大連から旅順までの地形とか地名は、すべて頭のなかにたたきこんでいたが、やはり実際に足を踏み入れてみると、驚きや新発見が多くあった。

まず驚いたのは、大連から旅順にかけての多くの山——大半は標高三〇〇メートル以下で、厳密に言えば丘の範疇に入るものだが、それらがすべて岩山なのである。急いで塹壕《ざんごう》を掘ることの不可能な地質で、表土など三〇センチあるかなしかといった攻撃側にとって極めて悪条件下にあったのが判った。

次には岩山だけに絶壁が随所にあり、進撃路が限定されていた点を挙げられるだろう。守備する側にとってみれば、攻撃側の手の内が読めるという、非常に恵まれた条件下にあったのだ。

しかも今日のように、低木ながら樹木が茂っているのと違い、守備側は樹木すべて伐採してしまい、禿山状態にあったこともつけ加えておく必要がある。そこを日本軍の将兵は、勇気を楯に突撃したのだった。

東鶏冠山北堡塁などは、殆ど小さな丘でしかないが、それをロシア軍は各砲台や堡塁との相互支援によって、難攻不落のものとしていた。日本軍は固い地面に進撃路、そして突撃路、はたまた爆破用のトンネルを掘り、ときに敵陣二〇メートルにまで接近、激戦を繰りひろげたのであった。

二〇三高地は、標高だけから推測すると、さほどの難しい拠点とは思えない。しかしながら海面からさほど高くない周辺の大地から、岩山が隆起したかのごとく聳えている。それが攻略に苦しんだ最たる原因となったと言えよう。

私はロシア軍がヴイソーカヤ山と呼んだ二〇三高地の下に立ち、頂上を見上げたとき愕然としたものである。そこには二つの適度に距離を隔てた頂上があり、中央がはっきりした鞍部となっていて、守備側は、それぞれ相互支援が可能なのだ。あの児玉大将が陣頭指揮しても、なお一〇日近い日数と一万の死傷者を出したのは、少しも不思議でないと思われた。

私はこの古戦場を訪れて、過去に経験したことのない印象を抱く。それはこれまでフィールドワークしてきた、二〇〇以上の古戦場では感じなかった、背筋の震えてくるような強い感激であった。

柘植　久慶

旅順＊目次

第3章 総攻撃前夜

第4章　第一回旅順攻撃

第5章　第二回旅順攻撃

第6章　第三回旅順総攻撃

第7章 開　城

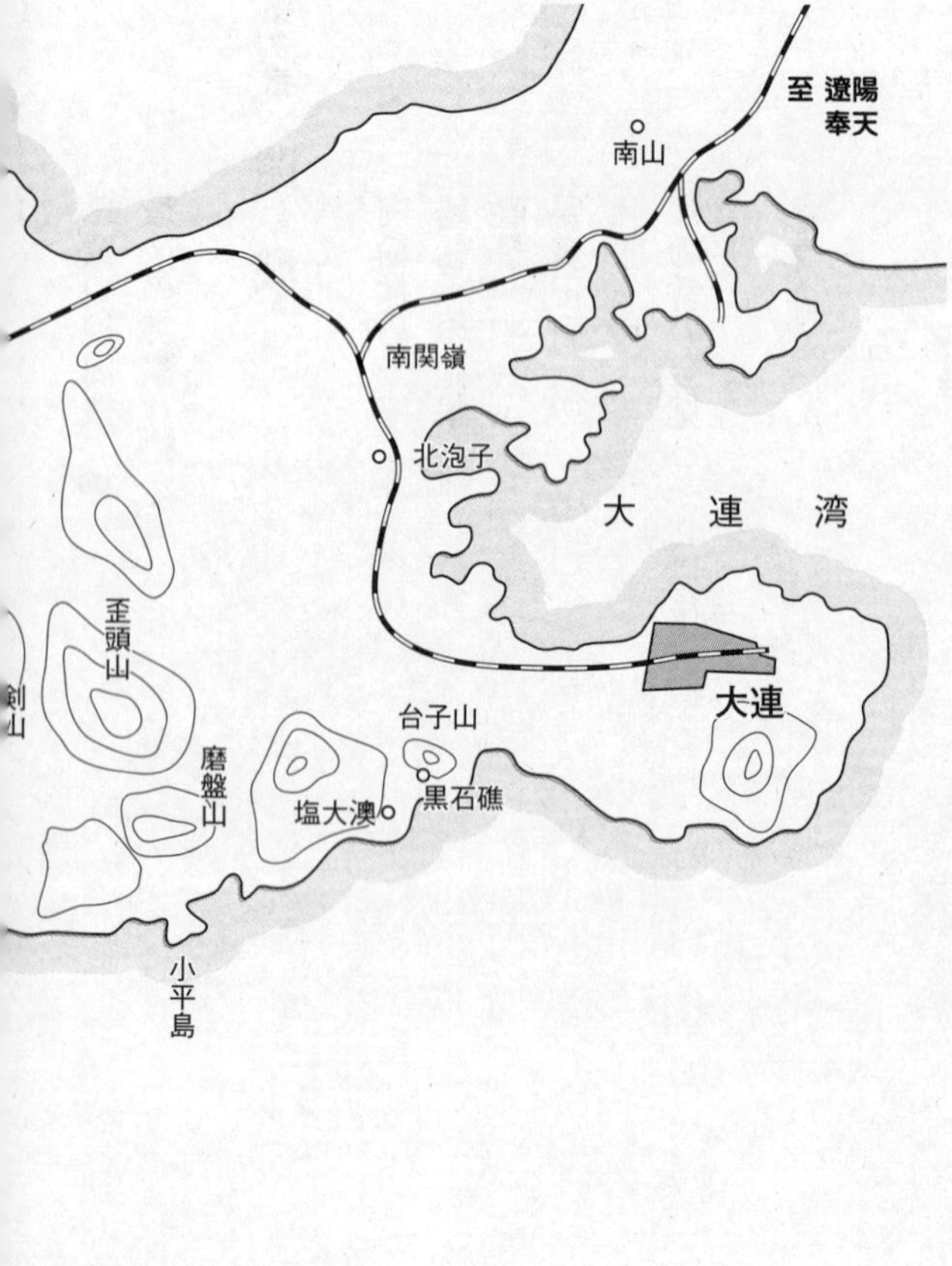
至 遼陽
奉天
南山
南関嶺
北泡子
大 連 湾
大連
台子山
黒石礁
塩大澳
歪頭山
磨盤山
剣山
小平島

旅順・大連付近概要図

営城子
双治溝
長嶺子
柳樹房
第三軍司令部
攻城山
干大山
火石嶺
鞍子嶺
老座山
ロシア軍司令部
高崎山
水子営
団山子
大頂子山
椅子山
大孤山
望台
白玉山
爾霊山
二〇三高地
旅
順
小孤山
大台山
旅順口
老虎尾半島
老鉄山

第1章

前哨戦

発端は三国干渉

戦争の原因は、古くから意外と単純であることが多い。一見複雑そうに思えても、整理してゆくと主たるものは一つか二つなのである。日露戦争の場合も、日清戦争の講和条件に対し三国干渉がなされ、それを利用したロシアが遼東半島に進出、更に朝鮮半島を窺ったことにより、日本が我慢の限界に達したと考えてよい。ロシアの朝鮮に対する野心は、李王朝末期に学者を政治に関与させる両班《ヤンパン》制度が、完全に破綻をきたしていたことで、かなり露骨なものとなっていた。既に一九〇一年と一九〇二年には、朝鮮進出後に流通させるロシアの鷲を描く三種の貨幣を、龍山《ヨンサン》造幣局で試験的に製造させたほどであった。

これは直ぐに実現されることはなかったものの、ロシア側としての考えは一時的に日本に経営させ、頃合いを見計らって戦争に持ちこみ、一気に手中に収めようとの魂胆であった。これが一九〇三年の日本とロシアのあいだの外交交渉の場で、はっきり示されたのだ。

とりわけロシアの極東総督——エフゲニイ・アレクセイエフが強硬で、日本案に対し譲歩を拒絶したことが、双方の全面衝突の引鉄となったと言えるだろう。ロシア皇帝ニコライ二世が、開戦の時期を総督に任せたという情報が、同盟国イギリスにより日本へも伝えられていた。

かくして日本政府は、ロシア政府からの予想を上回る強硬な回答に、戦力の強化が不可欠と判断する。これまでどおり交渉を続けながらも、日進と春日になる軍艦二隻を購入するなど、和戦両様の構えで進んだのである。

ロシア側も兵力の極東への移動や、中国の東三省方面で馬匹二万頭を買い入れるといった、臨戦態勢にと突入していったのだ。もちろん日本を二等国以下に見下した、外交面を含めた挑発行動も繰りかえされた。

アレクセイエフ総督の予測では、日本軍は旅順を攻めることはない、と読んでいた。南満洲に劣勢の兵力を集中して、戦略を展開してくると明言しているのだ。

その一方でロシアの参謀本部の一将軍は、日本軍が旅順の攻略に成功する、という大胆な予測を展開していた。もちろんロシアの旅順にいる艦隊は撃滅させられる、といった驚くべき点にまで言及したのである。

それに対して日本軍の戦略は、ロシアがヨーロッパにおいて敵が多く、その巨大な兵力の一部しか極東に投入できない、との読みに立脚していた。同時にロシア側に立って派兵までしてくる同盟国もない、と計算した。また兵員や物資の輸送について、単線のシベリア鉄道を使用するから、大量輸送は難しいだろうと考えた。

これらのうち最後のものだけが、輸送してきた車輛をヨーロッパに回送せず、到

工事中のシベリア鉄道。単線だったことが判る

着地で焼却するやり方をロシア軍が採ったため、やや目算が狂った。けれどそれ以外はかなり正確な読みをしていたことが判る。

ロシア軍は日本軍の戦力からして、その戦闘範囲を朝鮮半島に限定してくるのでは、という見方を一部でしていた。それは希望的観測でもあった。当時のロシアはのちに一九〇五年の血の日曜日事件で明らかになるごとく、国内の革命勢力が無視できない存在となっており、極東に大きな兵力を割きたくなかったのである。

満洲における大規模な戦争は、何より日本政府と軍首脳部に危機感を抱かせた。相手は世界有数の陸軍国だったからだ。前評判ではもちろんロシアが圧倒的に有利なのは言うまでもない。

知恵の塊のようなあの児玉源太郎大将ですら、

「やってみねば判らん」

と、心細い見通しを語るほどであった。

これは一見すると無責任のようだが、その立場上からして楽観論は述べられなかった。見せかけで良加減《いいかげん》な発言をする後世の軍人や政治家と違い、それこそが児玉の本音だったのだ。

開戦が決定的になったとき、ヨーロッパやアメリカでは、双方の国力の差などを考え、ロシアの一方的勝利とする見解が圧倒的であった。日本が無謀にも戦いを挑んだ、という見方をされていた。

しかしながらヨーロッパにおいて、フランスのジュール・ブリュネとフェリックス・ルボン、それにドイツのクレメンス・メッケルという三人の将軍たちは、口を揃えて日本の勝利を予測した。とりわけブリュネ中将などは、フランス政府にロシアへの深入りを避けるよう、提言するほどだったのである。当然、彼らは自国において少数派であり、異端視されたのは言うまでもない。

けれど彼らは幕末から明治中期にかけ、軍事顧問として日本軍の訓練に当たっていたことから、その言葉に耳を傾けてもしやと思った人も一部にはいた。

ロシアを極東地域で視察して回った、イギリスの評論家――バトナム・ウィールも、ロシア軍将兵のレヴェルを目《ま》の当たりにして、やはり日本の勝利を予測している。

日本政府としては、戦費の調達といった大きな問題を抱えていた。外国の債券市場で戦時国債を発売する必要があるが、このためには評価を高めねばならない。緒戦に敗北するようなことが生じると、その売れ行き——戦費調達に赤信号が点灯してしまうのだ。

「戦争は賭博行為である」

と言ったのは、かのカール・フォン＝クラウゼヴィッツであった。その典型こそ日露戦争の開戦を決めた日本だと考えてよいだろう。

だからこそ緒戦にロシア軍と戦う第1軍には、最も強気の将軍を任命する必要があった。そこで選ばれたのが黒木為楨《ためもと》大将である。参謀長の藤井茂太少将は、メッケル門下の一期生という、戦術の正統派だったことから、当時の日本陸軍における、最強のコンビという評価が高かった。

第1軍はかくして、近衛師団、第2師団、そして第12師団の三個師団によって編成され、朝鮮へ出撃することとなったのである。

開戦

一九〇四（明治三七）年二月六日、連合艦隊は佐世保を出発、二手に分かれて主力は旅順へ、別働隊は仁川《イルチョン》へと向かった。

二月八日になると、日本政府は国交断絶を諸外国に通告、九日にはロシアが、一〇日には日本が最後通牒を発している。

戦闘は既に八日の午後、仁川港において開始された。日本海軍の艦船が仁川に陸軍部隊を上陸させるため、碇泊中のロシア砲艦と交戦したのである。

翌九日にロシア側の二艦は強引に出港を企て、日本側の集中攻撃を受けたのち、港内に戻って自沈してしまう。かくして陸軍の仁川への上陸ルートが、ここに確立されたのだった。

一方で旅順へと直行した連合艦隊の主力は、二月八日のうちにその水域へ到達した。翌日には主力の一部が旅順港外に達し、直ぐに示威行動にと入る。

港外に出ていたロシアの旅順艦隊は、戦艦が七、巡洋艦が六、それに数隻のその他の艦で編成され、日本の連合艦隊と遭遇戦を展開した。双方が砲火を開き、それに旅順の砲台も呼応、本格的な交戦となったのである。

これが日露戦争における、最初の戦闘と考えてよい。この海戦は日本海軍の有利に進展してゆく。ロシア海軍の使用していた旧来の火薬に対して、日本海軍の下瀬火薬は威力が抜群で、同じ一発の命中弾が生じたとしても、与える損害が段違いだったのだ。

この下瀬火薬の発明者——下瀬雅允《まさちか》は、印刷局の技師から海軍技手に転じた人物で、火薬研究に従事してきており、一八九三年にピクリン酸を主成分とした、破壊力抜群の火薬を発明していた。日本側がこれを使用している事実は、当然のようにロシア側も知っており、恐怖の的となったのである。

この海戦の結果、ロシア艦隊から戦艦二隻と巡洋艦四隻の損害が出て、航行不能となる艦も出現した。連合艦隊も被弾したが重大な損傷はなく、双方の使用する火薬の差が、早くもはっきり示されたのだ。

アレクセイエフ極東総督は、何故か旅順砲台の射程圏外への、艦艇の出撃を禁止していた。その常日頃の言葉どおり、ロシアの優越性を信じていたのなら、そうした制約を課すこと自体、極めて奇妙な話である。恐らくアレクセイエフの狙いは、本国からのバルト艦隊の到着を待って、一大海上攻勢に出ようとの魂胆だったらしい。

旅順は遼東半島の先端近くに位置しており、大連湾と同じ黄海に面していた。黄金山と老虎尾半島のあいだの狭い水路のなかに、旅順港が文字どおり天然の良港として存在したのだ。

いくら狭い水路といっても、戦艦が楽に出入りできるわけだから、日本側にとって重大な脅威であった。警戒が手薄なときに出撃されたら、ウラジオストク艦隊の存在もあり、何が起こるか判らないためである。

　そこで連合艦隊は、船の耐用年数に達しようとした輸送船を集め、それらを港外の航路上に自沈させ、ロシア艦隊を港内に閉じこめようと考えた。この前例は一八九八年の米西戦争の際、アメリカがキューバのサンティアゴ・デ・クーバ港において、スペイン軍に対し実施した閉塞作戦だ。日本海軍による作戦は二月二四日に実施されたものの、ロシア側からの砲撃が激しく、目的を達成できずに終わる。

　この日と翌日にかけて、港外に出撃していたロシア艦隊の一部と遭遇、支援砲撃をしてくる陸上の砲台とも砲撃戦を展開した。ロシア側が電気礁（強力なサーチライトがあった）と呼ぶ、黄金山麓の砲台とはとりわけ激しく砲火を応酬し合った。連合艦隊は老虎尾半島越えに港内にも砲弾を浴びせ、全艦無事に帰還している。

　成果が不十分だったことから、三月二七日に再び閉塞隊が出発したが、これもまた完全に塞ぐわけにはゆかなかった。廣瀬武夫中佐で有名になった閉塞隊だ。

　そのため隙間を縫ってロシア艦隊の往来が可能だったことから、機雷の敷設作戦を実施、この企ては成功を収めたのである。

　この機雷が思わぬ効果を発揮した。それも半日もしないうちにであった。まず敷設中にロシア海軍の駆逐艦――ストラーシヌイが、日本の艦艇を味方と誤認して接

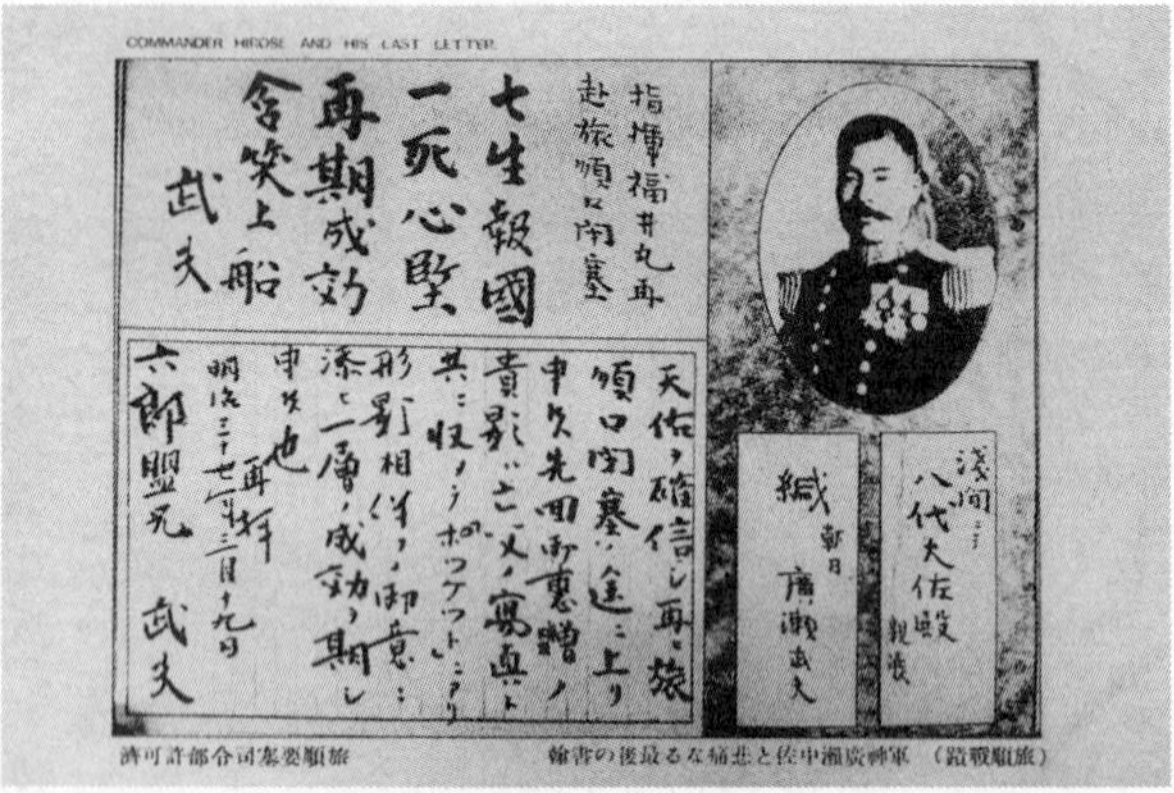

廣瀬武夫中佐の肖像と出撃前の私信

近してくる、という思いがけない出来事が起こる。日本側の駆逐艦は躊躇《ちゅうちょ》せずに砲火を浴びせ、これを撃沈してしまった。

ステパン・マカロフ提督は、その戦闘を目《ま》の当たりにして、激昂した挙句、直《ただち》に追撃を命じる。自らが乗艦しての出撃を命じたのである。未帰還の艦の安否を自ら確認せんとしたためでもあった。

この人物は本来、水路の測量などが専門であって、累進してバルト艦隊司令長官などの要職を歴任、戦術の専門家としても頭角を現していた。開戦直後に艦隊司令長官に任命され、最重要拠点の旅順を訪れていたのだ。

戦艦ペトロパウロフスクに乗艦した提督は、先頭で港から出ようとした。港口で敵の目的不明の艦が行動していたら、当然として機雷敷設を考えに入れるべきである。ところが全く掃海せずに出航させたのだから、マカロフも軽率だった。

港外に出て日本側の艦艇の退避をたしかめ、また港内へ戻ろうとしたらしい。そのとき触雷したかと思うと、火薬庫が誘爆を起こし、二分ほどで沈没してしまった。文字どおりの轟沈《ごうちん》と言えた。マカロフと大多数の乗員は艦と運命をともにした。

更にこれだけでなく、戦艦ポペーダも触雷して大破、辛うじて港内に帰還するという始末だ。他の艦はここでパニック状態に陥り、まともな判断力を喪失してしまう。戦場心理の一種であった。

機雷ということを全く考えず、潜水艦だと信じこんでしまったのである。そのためひたすら海面に向かって砲撃する始末だ。もし潜水艦だとしても、艦上の砲で海面下の標的に命中するわけがないから、指揮官たちまで狼狽したのだと思われる。

潜水艦については、アメリカのロバート・フルトンが既に一八世紀の終わり、試作に成功していた。これはアメリカ海軍の採用するところとならず、実戦に登場するのは一八六〇年代の、南北戦争のときまで待たねばならない。だから潜水艦の存在は広く知れ渡っており、そのことがロシア海軍の将兵の恐怖心を増幅したのだ。

旅順のロシア軍将兵は、マカロフ提督のいきなりの戦死に、不吉なものを感じていたに違いない。海戦に関する戦術の大家というふれこみだっただけに、本領を発揮せずに戦死したことは、攻囲戦の将来に暗雲を漂わせる事件となったのであった。

緒戦の勝利

日本海軍は急速に制海権を握りつつある。これは朝鮮半島方面への兵力輸送に、この上ない福音となった。問題は遼東半島に上陸する第2軍だと言えた。

既に四月の末ともなると、第1軍は鴨緑江に到達し、攻撃開始の機を窺っている。対岸の九連城に布陣したロシア軍に対し、今まさに襲いかかろうとしていた。

この鴨緑江方面での渡河は、遼東半島での第2軍の上陸作戦を成功させるための、重要な牽制の意味を有していたのだ。同時にヨーロッパやアメリカで売り出す、戦時国債の売れゆきをも左右する、といった重要性をも持ち合せたのである。

――もしこの作戦に失敗すれば、戦費調達も友軍の展開も、すべてフイになる！

そうした意識は当然、第1軍司令官の黒木為楨大将にあったはずだ。しかも対岸の敵陣はかなり堅固のようであった。大胆なことで知られる軍司令官も藤井茂太参謀長も、このときばかりは慎重に構えていた。

作戦はまず鴨緑江の渡河に始まる。工兵隊が中洲を利用して架橋するわけだが、

第1軍は九連城攻撃で順調な滑り出しを見せた

そのなかに偽装の橋を混じえてゆく。同時に遙か上流からの渡河と迂回をも、作戦のなかに盛りこんでいった。

それともう一つ、第1軍には秘密兵器が届けられていた。それこそ一二〇ミリ榴弾砲だったのである。野戦での常識は八〇ミリ榴弾砲までだが、あえてそこに二〇門の威力抜群の兵器を、大本営は投入させたのだ。

ところが総攻撃を目前にした四月末、東京から思いがけない命令が入電する。五月一日の実施を数日待て、という指示だった。

黒木大将はこれを無視、計画どおりに総攻撃を五月一日に開始した。このとき二〇門の一二〇ミリ榴弾砲は、期待どおりの猛烈な破壊力を発揮する。

ベトン――コンクリートで構築したロシア軍陣地は、次から次へと破壊されていった。突撃してくる歩兵を阻止するための砲兵陣地と機関銃陣地は、その本来の役割を果たさないうちに、突き崩されたのであるから、ロシア軍将兵の戦意が急速に低下してゆく。そこへ日本軍の突撃が開始されるが、照準を前以て合せてあった架橋は、多くが偽装ということが判り、ロシア軍砲兵陣地の混乱はその頂点に達した。

第1軍は鴨緑江上流から順に、第12師団（久留米）、近衛師団（東京）、第2師団（仙台）といった布陣で、早くも四月三〇日は夜から対岸へ潜入していった。双方の交戦が開始されたのは、五月一日〇七三〇時からであり、これを合図に砲兵隊も掩護を開始したのだ。

ロシア軍の抵抗は、東狙兵（東シベリア狙撃兵）師団を二個師団有していたものの、一二〇ミリの砲撃に怖じ気づいたのか、じりじりと後退し始める。狙撃兵師団とは歩兵師団を意味する。その部隊が必死に戦ったのは、退路を遮断されたときであって、殆ど一個連隊が壊滅したほどの戦いぶりを見せた。

このとき立ち塞がったのは、当初のうち歩兵第24連隊の牧沢中隊のみで、中隊全体が全滅寸前になりながらも、終始戦い続けたのである。この勇戦のためにロシア軍の二個連隊が捕捉され、徹底的な攻撃を受ける羽目に陥った。

いったん戦線が崩れ始めると、ロシア軍将兵は鳳凰城を目指し敗走を開始する。これによって大量の武器弾薬――なかでも機関銃などが鹵獲《ろかく》されたのだった。

黒木大将は九連城側に全軍を渡河させると、その直後に何と大雨が降り始め、たちまち鴨緑江の増水となったのだ。もし参謀本部の指示どおり三日遅らせていたら、全体の作戦計画に大きな狂いを生じたと言える。

更に大将の独断による進撃は続く。鳳凰城方面へと撤退したロシア軍を追って、湯山城一帯へ進出していったところ、この地が四万二〇〇〇の兵力の展開に不向きなため、独自の責任によって鳳凰城まで進撃したのであった。

参謀本部が責任を負いかねるとしたこの独断専行は、またしても成功を収めてしまう。鳳凰城を守備していたロシア軍は、満洲軍司令官アレクセイ・クロパトキン大将の、

「決戦を回避して、必要とあらば鳳凰城を撤退せよ」

との訓令を受けると、一目散に退却していった。

このクロパトキンは、トルコとの戦争で勲功を立てた人物で、一八九八年から日露開戦までのあいだ、陸相の地位にあったことが知られている。だからロシア陸軍の要職から引き抜いて任命したわけだが、この後方へ向かって前進という戦略が、大いに問題となってゆくのである。

ロシア軍としては、鴨緑江に近い線で日本の第1軍を喰い止め、膠着状態に持ちこんでいたら、その後の展開が大いに違ったと思われる。すなわち第2軍は遼東半島の付け根への上陸が、極めて危険な条件下に実施せねばならなくなるからだ。

しかしながらクロパトキンの判断は、ロシア軍主力を満洲北部に向け、遼東半島の孤立を自ら招いたのであった。

第2軍の遼東半島上陸

第2軍の遼東半島への上陸は、旅順港の完全な閉塞が条件の一つとなっていた。このため第二次閉塞までの結果は、まだまだ不十分と言えたのである。

第1軍の九連城総攻撃が大成功を収めたとの報が届いた五月二日、第三次閉塞隊が旅順を目指した。このとき旅順付近は悪天候に災いされ、全一二隻のうち中止命令を受けられなかった八隻が突入、全面的な成功とは言えなかったものの、港の出入りの自由をかなりまで奪う首尾となる。

かくして第2軍の上陸が整ったと判断され、朝鮮半島西岸に待機していた輸送船団が、遼東半島に向かって行動を開始した。

この第2軍は、奥保鞏《やすかた》大将を軍司令官とし、第1師団（東京）、第3師団（名古屋）、第4師団（大阪）、それに野戦砲兵第1旅団によって編成されていた。

日露戦争要図
主たる戦場
長春
鉄嶺
新民府
奉天
沙河
清河城
錦州
遼陽
牛荘
煙台
(営口)
大石橋
鳳凰城
九連城
渤
海
得利寺
普蘭店
平壌
鎮南浦
黄　海
旅順
大連
第2軍上陸地点
第3軍上陸地点
第1軍上陸地点

作戦は五月五日早朝に実施される。遼東半島の南岸――大沙河河口の西へ到達すると、艦砲射撃を加えたのち海軍の陸戦隊が上陸地点を確保、次いで第3師団が上陸を開始したのである。

上陸は九日間を要し、そのあいだに第3師団が先行して、普蘭店方面に進出の上、北からの敵に備えた。続いて第1師団が左翼へと回り、第4師団は右翼にと、それぞれが布陣した。

もちろんロシア軍も、日本軍の動きに対して、警戒を怠っていたわけではない。普蘭店や大石橋方面には歩兵二三個大隊他、金州から大連には歩兵三一個大隊他、などを配備していた。ところが日本軍の三個師団という総兵力に、それらをすべて普蘭店にまで後退させたのであった。

ロシア軍の戦略は、大筋において敵を奥地へ引きこみ、補給路――連絡線が伸び切った状態でたたく、というものだ。これは一八世紀初頭に、ピョートル一世・大帝がスウェーデンのカルル一二世に対し、一九世紀初頭にアレクサンドル一世がナポレオン一世に対し、それぞれ展開した作戦を見ても判る。

そこにきてクロパトキン自体が強気の将ではないため、当然過ぎるくらいの進展と言えた。指示には必ず決戦回避ときたから、ロシア軍全体に現在地の死守、という観念が欠けていたのである。

奥大将の第2軍は、第一段階において東清鉄道を破壊、ロシア軍の連絡線を断つことに成功した。次いで第二段階では、背後すなわち北の普蘭店方面の敵を警戒しつつ、南下して金州に進撃するのが急務となる。

敵の陣地を攻撃する場合の鉄則は、敵に陣地の構築および強化の時間を与えない、という一点に尽きる。徒らに時間を費やすのは利敵行為を意味した。

偵察の結果、ロシア軍の防衛線は金州の南の南山――すなわち遼東半島の最も細くなった周辺で、北の渤海側からも南の黄海側からも湾が喰いこんでおり、文字どおりネック状の地形を有していたのである。

日清戦争の際、清国軍は金州城に拠り、標高一一〇メートル弱で幅の狭い南山に、全く何も防衛線を布《し》いていなかった。けれど今回の相手――ロシア軍には、そうして節穴同然の戦術眼を持った者ばかりではない。この絶好の条件を備えた地を、全山要塞化して待ち構えていた。

奥大将とその幕僚たちは、現時点で保持している野砲だけで太刀打ちは無理だと、大本営に重砲の増援を要請したものの、そのまま攻撃を実施するよう拒絶される。

五月二五日から攻撃は開始され、第4師団が金州城に攻略にとりかかるが、進捗は思うに任せない。日付が改まり二六日になっても、悪天候も災いして撃退される始末だった。伝統的に強い部隊でない第4師団は、いったん退却してしまう。

この第4師団――とりわけ第8連隊（大阪）は、日本軍にあって最も弱い連隊として有名で、日中戦争では中国軍（国民政府軍にも八路軍にも）からも、

「またも負けたか8連隊！」

と、進撃するたび拡声器でからかわれたほどである。

その第4師団の金州城攻略を待っていた中央の第1師団は、ついに待ち切れなくなってしまい、独自に行動を開始した。工兵が金州城東門に迫ると、これを爆破して突破口を拓き、ついに第1師団が単独で占領に成功したのだ。

日本軍は更に進撃を続け南山に迫った。雨が止むと砲撃戦が開始される。日本側がおよそ二〇〇門、ロシア側が五〇門と砲数で優勢であり、砲弾の威力でも優位にあった。けれどロシア軍将兵は一〇〇メートルほどの標高差を利して、銃撃を加えて接近を阻んでくる。

海岸から近いことから、海軍の艦艇による艦砲射撃を期待していたが、悪天候のため来援が遅れていた。こうなるとロシア軍と一〇年前の清国軍との火力の差が、大きくのしかかってきたのである。日本軍の得意とする銃剣突撃が通用せず、徒《いたずら》に損害を増やしてゆく。

過去において日本陸軍が直面した、最大の危機が訪れようとしていた。暮れかか

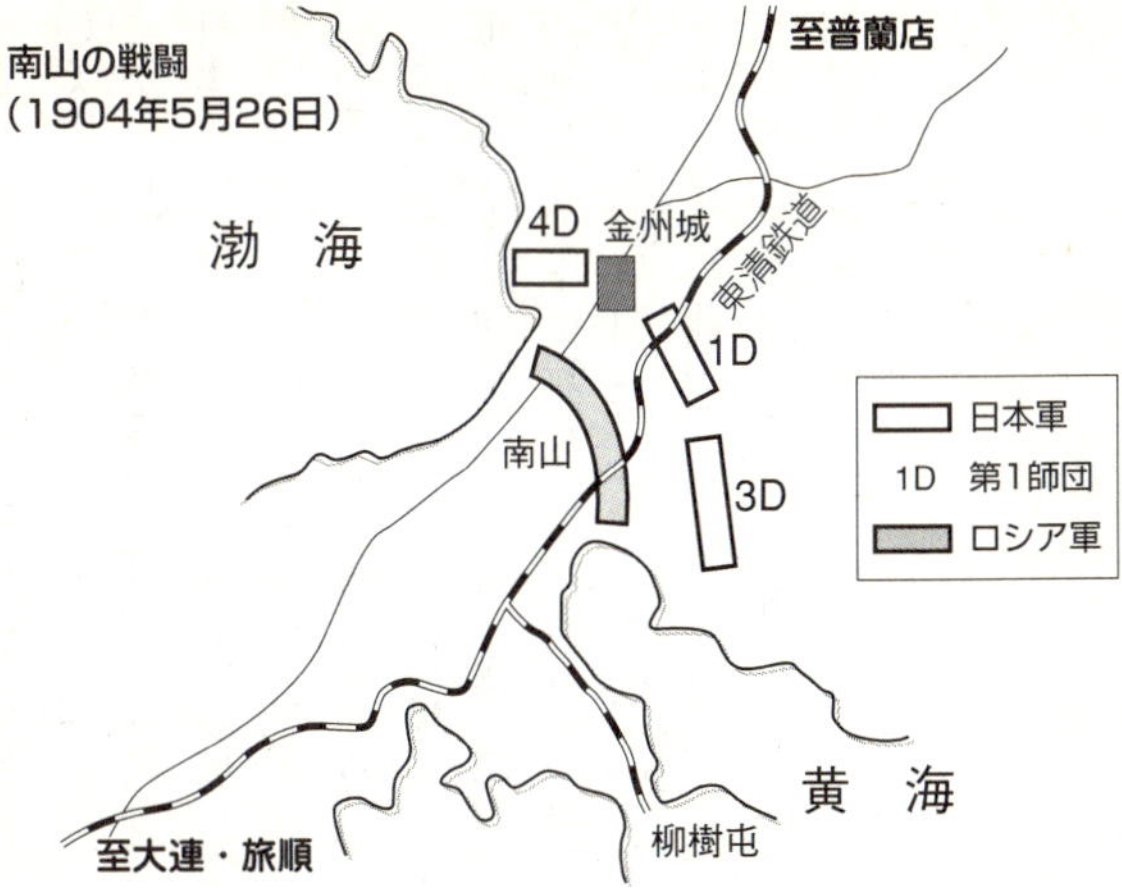

った遼東半島に、依然として光明を見出せず、相変らず苦戦は続いていった。

そのとき金州湾に日本海軍の艦艇が出現、艦砲射撃の準備が整う。奥大将はこれを機に歩兵の銃剣突撃を命じた。いったん砲撃を停止していた砲兵部隊もまた掩護を再開する。

この乾坤一擲《けんこんいってき》の猛攻に、ロシア軍の散兵線の一部が崩れ始めた。そこを見逃すことなく、第4師団の第8連隊と第37連隊は躍進し、日没後の一九三〇時頃、ついにロシア軍の砲兵司令部を占領した。それを契機に膠着《こうちゃく》状態が一気に崩れていった。第1師団と第3師団も敵陣に躍りこみ、得意とする刺殺格闘戦にと移る。

ロシア軍将兵はこれに耐えられず、や

がて潰走《かいそう》が始まった。その頭上へと砲弾が降り注ぎ、この時点から損害が急増してゆく。

かくして日本軍は南山全体を占領し、ロシア軍は旅順方面にと退却していった。日本軍は三万六〇〇〇が攻撃に参加、その一二パーセントに相当する四三〇〇からの死傷者を出した。一方のロシア軍は、三万五〇〇〇が守備し、三パーセント強に当たる一一〇〇余りが死傷している。

要塞化された地域を攻撃した場合、損害は攻撃側に三倍出るのが常識だが、日本軍はそれを上回る四倍近くに達したのである。火力の優れた敵に対して、不十分な掩護砲撃の下に銃剣突撃を敢行した場合、どうなるかという重要な教訓となったのだ。けれど旅順における攻撃に、これが活かされることはなかった。

これは学習能力の問題と同時に、司令官や指揮官のレヴェルに我が部隊は他と違う、といったプライドが影響しているように思われる。それは直ぐに旅順の要塞攻撃の際、見えてくるのであった。

第2章

旅順の攻囲

第3軍司令官の任命

遼東半島の状況は大いに変化しつつあった。日本軍はその付け根の部分を確保し、続いて大連に迫っていたのだ。

ただしまだまだ情勢は不安定である。旅順の付近には、アナトリイ・ステッセル中将の率いる四万ほどの兵力が、隙あらば逆襲に転じようとしていた。一方で北の普蘭店では、アレクセイ・クロパトキン大将の率いる、やはり四万強の兵力がいたからだった。

日本軍の側としては、南山攻防戦のさなかに第11師団（善通寺）が上陸、その一部は奥保鞏大将の第2軍に編入され、戦闘に加わる構えを見せていたのだ。

ここで広島に置かれた大本営は、大きな決断を迫られることとなる。旅順を放置しておくわけにゆかないし、普蘭店のロシア軍に備える意味からも、黒木為楨大将の第1軍と呼応する軍を必要としたのであった。

そのため大本営は旅順を攻略すべく、新たに第3軍を編成することを決める。これには第2軍から第1師団を引き抜き、遼東半島に上陸していた第11師団をそのままにし、更にのちになって第9師団（金沢）を加えたのである。

注目の軍司令官には、日清戦争後に予備役に編入されていた、乃木希典《まれすけ》中将が任命されて、軍関係者を驚かせた。予想外の人事だったためだ。

　乃木という人物は、下級の長州藩士の子として生れ、西南戦争に歩兵第14連隊長（小倉）心得として従軍、その判断の誤まりから西郷軍に軍旗を奪われる屈辱を経験した。だが長州閥のため辛うじて地位を保って以後も累進を続け、第1旅団長、第2師団長、台湾総督、第11師団長を歴任、予備役として栃木県那須にて農業に従事していた。彼の精神主義は高く評価されているものの、指揮官としての資質や戦争下手にも定評があり、「何故に乃木が？」という疑問の声も多かった。

　この人事は山県有朋の意向だと信じられるが、ともかくこの人事が実行されたのである。参謀長には薩長のバランスから、薩摩出身の伊地知《いじち》幸介少将が選ばれ、戦さの下手な乃木を補佐することになった。

　この伊地知は陸軍幼年学校から陸軍士官学校を経て任官した、砲兵畑の将校として知られる。何故か任官一年目の一八八〇年、早くもフランスに留学を命じられ、一八八四年にはドイツへも留学した。このためヨーロッパ通と目され、大山巌《いわお》や乃木の外遊の際には、そのたびに随行していたのである。日清戦争後には、イギリス公使館付武官にも任命された。

　だから伊地知の経歴だけ知る人は、海外に広く目の開けた人物だと思ったはずだ。それに乃木とも一緒に長期にわたり旅したこともあり、これぞ人事の妙と見做していたであろう。しかも歩兵出身の乃木と砲兵出身の彼という組み合せに、大方は納得させられたのであった。

乃木中将は那須から広島へ駆けつけ、五月三一日に訓令を受けると、翌六月一日には宇品から乗船して、六日に張家屯に上陸した。このあいだに連合艦隊司令長官の東郷平八郎提督や、第2軍司令官の奥大将と会い、今後についての打ち合せも終わらせている。

上陸後に金州を訪れた乃木中将は、ここで長男の乃木勝典中尉の戦死した戦場を訪れたのである。このとき詠んだ漢詩は、日本人の作品として極めて優れたものと評価が高い。

山川草木轉荒涼　十里風腥新戦場
征馬不前人不語　金州城外立斜陽

第1師団と第11師団を麾下に置いた乃木中将は、大連東方の北泡子崖に軍司令部を設営させる。それと同時に軍司令官たる階級――大将にと昇進した。

大将は六月初旬のロシア軍の配置について、以下のような説明を受けている。南山で敗退した東シベリア狙撃兵（歩兵）第4師団は、アレクサンドル・フォーク中将が率いており、彼は東狙兵第7師団をも指揮下に置き、双台溝から大鉄匠山にかけて戦線を維持していた。そこには日本側から剣山と呼ばれた老横山や、老座山といった要衝も含まれている。

それ以外にはキレニン支隊が、フォーク支隊より南方のより狭い地域の守備を担当した。これは兵力的にフォーク中将の部隊より遙かに小規模で、主力はあくまでフォーク支隊であった。

ステッセル中将の考えを読めば、この防衛線で可能な限り時間を稼ぎ、そのあいだに旅順を中心とする陣地を補強、あるいは新たに構築して、決戦に備えようというものだった。

名将コンドラチェンコ

六月初旬――。

ロシア軍のロマン・コンドラチェンコ少将は、〈大鷲の巣〉という拠点を視察していた。ここは盤龍山東陣地の内陣にあり、東鶏冠山北と二龍山の両陣地の中間に位置し、戦術上で極めて重要性が高かった。

ここは北を向くと眼下に東清鉄道の線路が見下ろせ、南を向けば黄海が視界全体に広がっていた。だから陣地としてのみならず、砲兵部隊の着弾観測所としても、重要な地点だったのである。そうした地形上の特徴から、ロシア軍将兵たちは「大鷲の巣」と呼んでいたのだ。

そこでは将兵の営舎と弾薬庫の工事が進められており、中国人苦力《クーリー》の姿が目立った。既に六インチ——一五二ミリ砲が備えられており、そのスマートな砲身が際立っている。

工事の進捗状態をチェックし終えると、コンドラチェンコは一応の満足の意を示した。この方面に日本軍が接近するのは、八月から九月にかけてと読んでいたから、あと二か月以上の時間的余裕があったためである。

工科学校を卒業した築城術の専門家だった彼は、徹底して堅牢さを追求したベトンの陣地を計画した。一般的に野戦で砲兵が使用する六インチ砲なら、とても貫通できないだけの強度を、ここに実現しようとしていたのであった。

大鷲の巣の付近には、中国人の労働者だけでなく、ロシア軍の軍人も多く集まり、彼ら《ひと》は斉しく海上を眺めている。再三再四にわたる旅順からの脱出の勧告を受けながら、日本の連合艦隊への恐怖心から出航できないでいた、ロシアの旅順艦隊が動こうとしていたからだ。

煙突から真っ黒い煙を数条出して、大型の艦船——戦艦や巡洋艦が海上にいた。湾内にはもう数えるほどしか、それも比較的小型の艦艇しか残っていない。

望台のロシア軍のカノン砲。ここからはすべての戦場を一望にできた

「奴らは本当に出ていったのか？」
「トウゴウが恐ろしくなって、また舞い戻ってくるのと違うか……」

そんな海軍に対する厳しい言葉が、陸軍の軍人のなかから聞こえてくる。旅順艦隊が逗留し続けると重荷を背負いこむので、旅順軍司令官のアナトリイ・ステッセル中将は、やっかい者の退散を願っていた。

退路を断たれるのではと察した極東総督のアレクセイエフは、とうに旅順を去ってしまっている。そうした面での目先には長けた人物だ。危険地帯から脱出して、何処か安全な地方から、適当な報告をサンクト＝ペテルブルクに送っているに違いない、と誰もが考えていた。

――この戦争はアレクセイエフ総督の強気が招いたものだが、当の本人は早くも逐電というわけか！

プラス思考で知られるコンドラチェンコも、極東総督の手前勝手には呆れ果てている。その結果、砲火のなかに置かれるのは彼ら軍人だからである。

それから彼は騎乗すると、太陽に向かって進み、港口に近い黄金山へと移動した。ステッセルと合流するためだ。

黄金山に着くと、そこには上機嫌の軍司令官が、やはり海上を眺めていた。周辺にいる誰も彼もが、旅順艦隊の外洋への出発を歓迎しているのは明らかだった。

しかしこの喜びの空気は、時間を経過した風船のように直ぐにしぼんだ。艦隊を指揮するウィトゲフト提督が、日本の艦隊が遠くに見えた途端、予想の通り、旅順を目指して舞い戻ってしまったからである。

損害はニコライ・エッセン大佐の、戦艦セヴァストポリ一艦だけであったが、にもかかわらず港内に逃げ帰ったのだ。もっともコンドラチェンコも、内心ではそう予想していたから、大きな落胆は覚えなかった。

日本軍の漸進

六月二三日になって、日本軍は大連港の使用を開始した。これは旅順攻略を目指す第3軍にとって、この上ない福音となる。その戦略的価値は大きかった。

連絡線――補給路は、最前線からの距離が短ければ短いほどよい。とりわけ陸路の部分が少ないほど、輸送の負担が小さくなるからであった。

第3軍の前面には、小高い山が幾つも見られた。遼東半島のほぼ中央に、老横山という山が聳えている。善通寺の第11師団の将兵は、それを故郷の剣山《つるぎやま》に因んで以降、「剣山」と呼ぶようになった。

その剣山より少しばかり大連寄りに、遼東半島で一番標高の高い、四〇六メートルの歪頭山がある。これは山形が歪んでいるため、中国人が昔からそう呼んでいた山だ。この山が丁度、第11師団の正面に位置していた。

周辺の山はその殆どが標高二〇〇メートル程度だから、ここはロシア軍の絶好の監視拠点となっており、日本軍の動きが詳細に把握されている、と考えてよかった。そのため第3軍司令部は、漸進計画の一端として、歪頭山の攻略を命じた。

命令の内容は、第1師団が韓家屯北方三三三高地から二五八高地にかけての占領で、第11師団が歪頭山の線までの進出と、可能なら剣山と老左山の占領だった。

作戦は二六日〇五〇〇時に開始された。ロシア軍側も日本軍に先制攻撃をかけようとしていたが、機先を制したのは日本軍の方となった。

要衝と思われた地点にいるロシア軍将兵の数は意外と少なく、どれも兵力一〇〇を超えることはなかった。このため剣山以外は〇九四〇時までにすべて目的を達成する。

しかしながら剣山だけは大連側からの接近が難しく、しかも山砲による砲撃を受け、徒らに時間が経過してしまう。標高差がロシア軍側に有利となったからである。

そこで日本軍も山岳部という悪条件を克服し、砲兵隊がその射程まで大砲を運び、一七〇〇時から逆襲にかかった。たちどころに主客は転倒し、ロシア軍が後退を始める。そこを日本軍が追撃してこれを一掃した。

これによって思わぬメリットが日本軍の側に転げこむ。今度は近辺にあるロシア軍の陣地を一望の下に眺められるようになり、遠く西の方角を見渡すと旅順一帯まで望めたからだ。

このような重要性を有した地域を、何故ロシア軍が中隊規模の兵力しか配備していなかったのか、その方が不思議であった。いかに大部隊の常駐が無理でも、一拠点につき大隊単位の兵力を配備すべきと考えられる。これについては逆に日本軍の側が驚いた。

第3軍司令部はこれを物怪《もっけ》の幸いとばかり、確保した拠点に兵力を増強し、ロシア軍の多少の反撃に耐えられる態勢を整えてゆく。

けれど一部において兵力の配備が不十分で、大白山から老左山などの方面につい

狭い旅順港の出入り口
港内に突き出ているのは老虎尾と呼ばれる砂洲

ては、依然として日本軍にとって危険な状態が続いていた。

その危惧が現実になったのは、七月二日の夜のことである。アナトリイ・ステッセル中将の奪回命令により、東狙兵第26連隊長セミョノフ大佐が秘かに作戦行動に入った。これには東狙兵第25連隊と東狙兵第28連隊の一部も参加していたのだ。

それに直面した日本軍の第11師団では、当初のうち偵察行動と考えていたが、ロシア軍側の兵力が予想外に大きく、反撃が一部で不成功に終わる。ついに老左山から撤退を強いられ、大鉄匠山も大半をロシア軍が占領した。

この機会に剣山（老横山）の線まで回復すべく、ステッセルはアレクサンドル・フォーク中将に命じ、全力での反撃を展開させた。七月三日から四日の夜、深い霧のなかで戦闘が続く。ロシア軍は剣山を目がけ、執拗に前進を繰りかえした。双方が機関銃によって銃撃を交わす、激しい戦いとなっていった。

映画などで旅順総攻撃の際、大損害を被った第3軍の幕僚が、

「新兵器の機関銃によって……」

と、全く見たこともないような感想を述べるが、これは明らかに史実と相違している。

この時点で日本軍も南山などでの鹵獲したものを整備、実戦で使用していたのである。それがロシア軍の突撃を喰い止めたわけだから、威力のほどを乃木軍司令官もはっきり認識していたと思われる。そうでなければ幕僚たちの怠慢以外のなにものでもない。

双方が激しく砲撃戦を展開し、歩兵の突撃には機関銃が火を吐く。こうした近代戦を思わせる戦闘が、旅順を間近に見られたのであった。

日本軍もロシア軍の攻撃してくる箇所に、速やかな兵力の投入をやってのける。そうなると最後の勝負は標高差となった。ロシア軍も執拗に攻撃を繰りかえし、ついに作戦開始から二四時間近くになった四日一九〇〇時、この剣山攻略を断念したのであった。

いかに山岳地帯での攻撃が難しいかは、この三日夜からの戦闘での両軍の損害を見れば一目瞭然だ。すなわち日本軍が死傷二〇五だったのに対し、ロシア軍では戦死行方不明だけで六三六を数えたのである。戦死者だけを推測すると、恐らく日本軍の一に対して、ロシア軍が九からの比率だった。

要塞の防備強化

ロマン・コンドラチェンコ少将は、部下たちの尊敬を一身に集めている、ロシア軍に珍しい高級将校であった。この「尊敬」という言葉は、「親しみ」と入れ替えてもよい。

軍隊という官僚組織の最たる部類に入る集団は、将校、下士官、そして兵卒の身分差が歴然としている。将校の多くは貴族、あるいは先祖代々が軍人——しかも将校という家柄の者ばかりと言えた。彼らはロマノフ家の宮廷に登用されたとしても、直ぐ役に立つだけの教養と語学力、とりわけフランス語の素養を有していた。

けれど反面として下士官兵卒の識字率は三〇パーセントあるかどうかで、将校との隔りは天と地ほどの差があった。もちろんそれはそっくり反感という形で、ロシア軍内部に根強く存在していたのだ。

ところがコンドラチェンコの場合は、一般に知られるロシア軍の将校と一風変わった点が見られた。それは将校クラブに入り浸ったり、上官のご機嫌とりに終始することなく、その時間を下士官兵卒たちと過したのである。この旅順においても、暇があると部下たちを訪れ、親しく声をかけ肩をたたき、彼らの仕事ぶりを褒めた。

アレクサンドル・フォークの師団が剣山（老横山）方面に出撃した日も、コンドラチェンコは防備の作業状態を視察すべく、自分の幕僚たちと砲台を訪れている。この日はベトンに鉄道の線路を組みこみ、強化した工夫を見つけると、その考案者を賞讃した。東清鉄道が不通にされてしまった現在、線路は無用になっていたからだった。

少将が指揮をしていた将校を褒めると、彼はその発案が兵卒たちのなかから出たことを、極めて率直に報告する。そうすると彼は部下の進言を取り上げた点について、改めて将校を褒めた。

それから砲台の上に立ち、コンドラチェンコは周辺の工事状況を視察してゆく。この日は水兵たちの姿が目立った。被弾大破した艦船から各種の砲を外して陸揚げし、砲台の備砲としているのだ。

——死角が実に多い。それを埋めるには砲の絶対数が不足している。一部を移動式にしておいて、必要な地点へそれを集中する、とのやり方しかないな！

彼はそのように呟いた。続いてまた下級指揮官たちの工夫を見つけては、それに賞讃の言葉をかけた。叱責したりすることは殆どなく、専ら長所を見出す努力を続けるのだ。

次いで高級将校の娘で医療班を買って出ている女性が、戦闘中の包帯所――野戦病院について相談してくる。コンドラチェンコが話しやすいので、彼女は話を持ちかける相手に選んだらしい。そこで誰がその決定権を有しているかを教え、自分が承認したことを伝えた。

必要とあれば多忙な時間を割いて、彼は何処へでも足を運んでゆく。自分の作業に没頭していて彼の来訪に気がつかなくとも、決して腹を立てることなどなかった。むしろ仕事に集中している点を褒められたのである。

この頃、コンドラチェンコは得利寺において、シタケリベルグ中将の部隊が敗北したことを知った。その相手の日本軍とは、金州から南山の戦闘を担当した奥大将の第2軍だと判り、普蘭店もまた放棄されたことに落胆を覚える。旅順と満洲軍のあいだが、完全に分断されてしまったためだった。

実際のところこの得利寺の戦闘は、ロシア側に勝つチャンスが十二分にあったのだ。その第一はゲルングロス少将が、シタケリベルグ兵団長の命令を無視、夜襲を実施しなかったことにある。第二には、グラスコ少将が命令の意図を正確に理解せず、「前進は困難」という報告を受けただけで、事実をたしかめず攻撃を中止した、という出来事が重なった。つまり人為的なミスによって、ロシア軍は得利寺を喪失したのであった。

ロシア軍は以前から連撃作戦の下手な軍隊として知られていた。このため協同作戦は上手くゆかず、それが相互信頼を揺るがせ、疑心暗鬼を生んだのである。

またドイツ系移民たちの子孫に軍人が多く、彼らと純粋のロシア人たちのあいだに、相互不信が横たわっていたことも事実だ。これまで登場してきた高級将校だけでも、ステッセル、フォーク、エッセン、シタケリベルグ、ゲルングロスなどが、確実にドイツの姓を有していた。

コンドラチェンコは、そうした暗いネガティヴな要素を忘れ、自らの目前に横たわっている問題にのみ、全力を傾注するつもりだった。日本軍——第3軍は確実に旅順攻略を狙っていたからであった。

三四八高地の攻防戦

日本軍の陣営は、七月下旬に入って俄《にわか》に慌ただしくなってくる。七月二五日にロシア軍前進基地に対する攻撃を開始、三〇日までにそれを一掃し、旅順を包囲し終えるというものだった。

この月の初旬、第１師団長が伏見宮貞愛親王から、第１旅団長の松村務本中将に引き継がれた。また中旬には第９師団が金州方面に上陸、第３軍の攻撃準備がまた一歩、順調に進んでゆく。

偵察の結果、ロシア軍は各種の砲を八〇門、機関銃三〇梃、それに兵力一万六〇〇〇を集中、塹壕《ざんごう》を構築して待ち構えていた。剣山の戦闘の際とは較べものにならないほど、その防備は強化されており、ここで時間を稼ごうとの意図がはっきり窺われた。

第３軍は新たに戦列へ加わった第９師団を中央に配し、右翼に第１師団、左翼に第11師団、という陣容を整える。とりわけ第９師団は日本側から突出した恰好になっている、標高三四八メートルの高地――三四八高地が、目の前に聳えていた。これは歪頭山――標高四〇六メートルを奪取したのち、周辺で最も高い地点であった。

一見するとさして標高がないように思えるが、海が近く付近の標高がさほどでない場合、一〇〇メートルの高さの差が決定的にすら思えることがある。とりわけ崖が切り立っていると、全く歯が立たないのだ。

この三四八高地がまさにそれであった。登山の専門家が挑戦するならともかく、完全装備の将兵が一団となって攀《よ》じ登ってゆくには、いささか困難な条件が多過ぎた。

そこで攻撃目標を付近の小座山――標高三三九メートルへと変更し、まずこの拠点を押えてから迂回して、三四八高地を攻略しようと目論んだのである。もちろん小座山にもロシア軍は兵力を配置しており、日本軍に対して激しく攻撃を加えてきた。

前進を企てる日本軍の歩兵に対して、標高差を利したロシア軍の機関銃による掃射が、絶大な威力を発揮してゆく。俯角での射撃は最も命中させやすいからだ。このため敵陣五〇〇メートルまでの接近が精一杯で、そこでピタリと前進が止む。

もちろん砲兵部隊は要請によって、猛烈な支援砲撃を加えていた。けれどロシア軍も頑強に抵抗して、一歩も退く気配がなかった。三四八高地の一角を奪ったものの、全体を支配するまでにはゆかず、そこで膠着状態が続く。

第1師団は右翼から前進し、第9師団と比較にならないほどの順調な進展を見て、途中まで首尾よく運んだのである。けれど予定地点から三四八高地への攻撃については、大地を巨大な斧で割ったような断崖に行く手を遮られ、そこで二進も三進もゆかなくなった。

第11師団は左翼から攻撃を進め、立ち籠めた霧のなか払暁《ふつぎよう》に配置を終え、晴れてきたタイミングを見計らって砲撃を開始する。大鉄匠山と老左山が主たる攻撃目標

となっていた。前者は意外にロシア軍の防備が手薄なため、一気にその占領に成功したのである。

けれど老左山はそう簡単に進捗しなかった。激しい銃撃戦の末、いったん日本軍が山頂にとたどり着く。けれど全体を占領できず、生き残っていたロシア軍将兵は、必死に抵抗を続けていた。これは三〇分後、数次にわたる攻勢の末に完全占領に成功し、更に大白山へと攻撃目標を転じてゆく。

大白山はロシア軍の戦線から、これまた突出した形になっていたが、陣地がすこぶる堅固で頑強に抵抗してきた。このため日本軍に面した東の斜面を確保するのが、精一杯だったのである。夜襲も企てられたが月齢から月夜となり、ロシア軍から動きが察知され失敗に終わった。

七月二八日になっても、日本軍の三四八高地と老座山方面での苦戦は続く。そうした拠点での双方の位置関係は、すべてロシア軍が標高の面で優位に立っていることから、条件的に極めて厳しかった。

夜明けと同時にロシア軍は銃撃を激しく加えてくる。それに対して日本軍の歩兵は現在地を保持するのがようやくであり、専ら砲兵陣地が応戦する状況になっていた。

この砲撃が効を奏して、ロシア軍の機関銃陣地が破壊され、銃火が急速に衰える。第9師団は全力を挙げて突撃を敢行、ついに四時間後に高地の第二堡塁《ほうるい》を占領した。だが、まだ高地の一端にはロシア軍が頑張っていた。第三堡塁と第四堡塁が残っているのだ。

更に四時間の猛砲撃が加えられたのち、またしても突撃して第三堡塁を占領する。ところが第四堡塁は執拗に抵抗し、銃撃だけでなく投石まで繰りひろげたのである。

第9師団の前面は、苦戦に次ぐ苦戦の連続となった。その左翼が老座山を攻撃していたものの、砲撃と機関銃の掃射によって、これまた大損害を被っていたのだ。

第1師団は当初、ロシア軍の砲兵陣地の位置を捕捉できず、このため不利な状況下に置かれていたが、二七日になってようやく確認するに至った。双方は激しい砲撃戦を展開したものの、中盤より日本軍が優位となり、ついに制圧することに成功した。

快調に進撃した第1師団であったが、三四八高地を攻める第9師団の支援を開始した途端、ロシア軍側から猛烈な反撃を喰らう。信じられないほどの頑強な抵抗に、大きな損害を被った上、膠着状態に陥って夜を迎える、といった悪条件下に置かれた。

第11師団もまた、ロシア軍の猛烈な反撃に遭い、進捗思うに任せぬ状況にあった。旅順から出撃してきたロシアの艦艇が、艦砲射撃を加えてくる一幕もあり、陸戦隊を上陸させるような様子さえ窺われた。

それにひるむことなく、大白山への攻撃は継続される。夕闇の迫るなか、歩兵第43連隊第2大隊は躍進し、断崖と谷間を通ってロシア軍の主陣地に接近、二二〇〇時を過ぎついに大白山北側の一角を確保、第3大隊、次いで第1大隊も夜襲に成功、全山を占領することに成功した。

最も後方から攻撃を開始した第1師団は、右翼から急速に進出していたことで、ロシア軍の突出部分——三四八高地などは、孤立の可能性が生じてきた。そこで歩兵第3連隊（東京・麻布）が三四八高地に攻撃を開始、急速に迫ったことにより、この方面のロシア軍は撤退に入る。

第9師団の歩兵第35連隊と歩兵第19連隊のそれぞれ第1大隊は、ついに三四八高地の頂上で歩兵第3連隊と合流した。この動きが周辺のロシア軍に大きく影響を及ぼし、守備していた拠点からの全面的な退却が始まる。

第9師団の中央集団は、のちに有名になる一戸兵衛少将が率いており、鞍子嶺の占領を狙って状況を見極め、ロシア軍の動揺に乗じて一気に躍進していった。歩兵第35連隊第2大隊と歩兵第7連隊が中心となり、二時間ほどでこの付近一帯を占領。また後備歩兵第15連隊と後備歩兵第16連隊も、老座山一帯を少し遅れて占領に成功した。

第11師団も二八日早朝からロシア軍を攻撃、その撤退に対して追撃を開始する。第一線を突き崩すと、勢いに乗じて大きく地歩を得て、砲兵隊は後退するロシア軍になお砲撃を浴びせた。かくして旅順要塞の防衛線は、大きく後退することになった。

ロシア軍の思惑

日本軍が老横山(剣山)方面の防御陣地を抜いたとき、ロシア軍の陣営には衝撃が走った。このまま放置しておくと、旅順要塞が丸裸になるという危惧が生じたからである。

防衛を担当していた東狙兵第4師団のアレクサンドル・フォーク中将は、元来が強気の司令官とは言い難かった。このため旅順まで一気に後退しそうな雰囲気が見られたのだ。

これに怒った東狙兵第7師団長のロマン・コンドラチェンコ少将は、軍司令官のアナトリイ・ステッセル中将を突き上げ、反撃に転じるべきだと主張した。この指摘はそのとおりであるため、さして強気と言えない軍司令官も、フォークを呼んで逆襲に転じるよう、珍しく厳命を発したのである。

コンドラチェンコは着任したばかりのウラジミール・セミョノフ大佐に命じ、その東狙兵第26連隊で以て、大白山周辺の奪回に赴かせた。老左山を含めた一帯だ。大佐は首尾よく日本軍の防衛態勢が手薄のところを衝き、目標とした地域の多くを取り戻した。これがステッセルに自信を回復させ、フォークに対しても前進を命じ、老横山の攻撃を促したのであった。

このとき少将は数次にわたり突撃を敢行させるが、そのたびに日本軍の機関銃によって大損害を被り、ついに老横山の攻略を断念するに到った。そこで一転して確保している地点の防備を強化、渤海に面した東黒石から黄海を見下ろす老左山まで、旅順要塞の外郭防衛線を築いたのである。

それが七月二六日から二八日にかけての、日本軍の攻勢によって脅かされたから、ロシア軍の必死の抵抗となったのだ。この三日にわたる攻防戦に、コンドラチェンコ少将は強い執着を見せる。

もちろん彼自身も最終的に突破されるであろうことは、物理的に自然の流れと承知していたはずだ。しかしながらここで日本軍に出血を強いることにより、同時に時間稼ぎを計算していたと考えられる。

旅順要塞の防備は、コンドラチェンコの目からすれば、まだまだ不完全であった。それだけに外郭防衛線で日本軍を釘づけにし、八月一杯まで陣地構築を進めたい、との構想を抱いていたはずである。彼の固執はこのあたりに起因していた。彼は三日にわたる戦闘をつぶさに観戦し、日本軍の戦術展開などについて、以後の決戦のため学ぼうともした。当然、部下のセミョノフ大佐の督戦の意味もあった。

ステッセルもまた少将に影響され、外郭防衛線からの撤退を許さず、という態度に終始している。ただしコンドラチェンコと根本的に違うのは、旅順における快適な生活を永続させるためで、日本軍にそれを阻害されたくなかったに過ぎないのだ。

二七日の夜、日本軍が暗夜を利して夜襲を実施、ついに大白山が危うくなった。

旅順の手前――老座山方面の戦闘

このときセミョノフ大佐が抗戦を断念するが、コンドラチェンコは大佐のところへ足を運び、再度の反撃を強く促している。

二七日から二八日にかけての六時間ほどは、凄まじい両軍の意地のぶつかり合いとなった。流れを摑んだ日本軍と、流れを変えようとするロシア軍のあいだで、闇のなかの死闘が繰りひろげられたのだった。

だが、流れはついに変わらなかった。〇三〇〇時になって、コンドラチェンコはそれを察し、セミョノフに撤退の許可を伝える。これ以上の戦闘継続は、徒に味方の兵力を損耗するのみ、と判断したからであった。

――鳳凰山から大孤山にかけての次の防衛線がまだ不十分なのに……！

コンドラチェンコは、旅順の直ぐ前方に

構築中であった、次の防衛線について思い巡らせる。喪失した防衛線の工事のため、資材や人力を割いていたから、まだ完成までかなり間がある。そのためにも八月中旬くらいまで、時間が欲しいところだった。

もし鳳凰山から大孤山にかけて、防衛線が完成していたとすれば、日本軍をその線で阻止できる。そこで渤海湾の方面を右袖で掠めて迂回してくるなら、連絡線――補給路を出撃した上で切断するのも、決して不可能ではなかった。

――臨機応変に要塞から出撃すれば、日本軍は必ずや面喰らうだろう……。

そうコンドラチェンコは考える。自在の戦術を駆使することにより、精神主義者で融通性に乏しい日本軍の軍司令官を、キリキリ舞いさせられるはず、と信じていた。

東黒石から老左山にかけての防衛線の失陥について、彼はもう忘れることにしている。セミョノフ大佐があれほど頑張ったのだから致し方ない、と割り切っていた。馬を幕僚たちと走らせながら、彼は気になっている鳳凰山から大孤山にかけてを、改めて視察しておこうと思った。

攻囲完了

日本軍は七月二八日の午後、更に進出を続けていった。ロシア軍の撤退を捕捉できなかったが、少なくとも大きな地歩を確保し、第3軍全体を旅順要塞に近づけたのである。

こうした展開になった場合、要塞の前面の防衛線に対しては、準備時間を与えてはならない。そこで二九日になって、第3軍司令官の乃木希典大将は、軍司令部を営子城に進めると同時に、各師団に対して命令を下した。

中央に第9師団が位置し、右翼に第1師団、そして左翼に第11師団という陣容に変わりなかった。それがそのまま前進して、ロシア軍に迎撃の余地を与えず攻めかかる。

日本軍は砲兵部隊が十二分の活躍を見せ、ロシア軍の砲兵部隊を圧倒していった。同時にロシア軍の歩兵陣地に対しても、実に効果的な砲撃を加えたのである。

第1師団が順調に進捗したのに対し、中央の第9師団は徐家屯に進撃したところ、ロシア軍陣地からの攻撃を受けた。歩兵第35連隊がそれに直面し、連隊長の中村大佐が緒戦に負傷、後送されるという事態を招く。

激戦は続き、各大隊の足並が揃わず、歩兵第36連隊第2大隊が突出する、という危険な状態が生じた。しかも周辺は高粱《カオリヤン》畑が一帯に広がっており、夏なので人間の背丈以上になっていて、全く前方の見通しがきかない、という悪条件に直面した。

最も進撃していたのは、左翼の集団を率いている一戸兵衛少将の部隊で、徐家屯のロシア軍に対し突撃を敢行、この一帯を完全に占領してしまう。占領を完了するが早いか、少将は直に陣地を修復し反撃に備えた。

第11師団もまた進撃を続け、それが蘇家屯にさしかかると、周辺のロシア軍陣地から一斉に攻撃を受けた。この方面では各連隊の連繫が順調に進み、そうした迎撃をはねのける。

遼東半島には、徐家屯とか蘇家屯、あるいは馬家屯といった地名が多い。これは徐や蘇という一族が集落を形成、纏まって住んだことから、そのように呼ばれたのである。

歩兵第22連隊と第44連隊は進撃を続け、双方はたがいに連絡を密にして龍頭河西の高地まで、実に速やかな進出に成功した。

その左翼に位置していた歩兵第43連隊は、山春柳西方高地でロシア軍と遭遇、これと激しく銃撃戦を展開したのであった。それに対して大孤山と小孤山のロシア軍砲兵陣地は、味方の歩兵を掩護する砲撃を開始、いったん前進を阻止される恰好となる。けれど日本軍の砲兵が所定の位置に就くと、座標の判っているロシア軍砲兵陣地に逆襲をかけた。これによって沈黙させることに成功したのだ。

この七月三〇日の日本軍の電撃的な攻撃は、完全にロシア軍の機先を制したものである。まさかこれほど早くというのが、ロシア側の本音であったと思われる。迎撃準備が完了したときには、既に日本軍は内懐に入りこんでいたのだった。

第3章

総攻撃前夜

内輪揉め

ロマン・コンドラチェンコ少将が、前線から自分の師団司令部に帰ってくる。そこには軍司令官のアナトリイ・ステッセル中将が待っていた。

「やはり無理だったじゃないか。フォークの主張どおりだ」

と、中将は彼の顔を見るなり不満そうに声をかけた。

剣山方面における一連の戦闘で、死傷一六〇〇に行方不明一〇〇〇という、予想以上の損害を被っていたからである。この数字は日本軍が戦果として推測したものより、かなり多かったのだ。行方不明というのは、ロシア軍側で戦死体の収容ができなかった場合も、この数字に含まれていた。

それに対してコンドラチェンコは、その原因を次のように指摘する。第一に決断が遅れたこと、第二には日本軍に予備兵力を投入できる時間を与えたこと、第三にはアレクサンドル・フォーク将軍の非協力、という三点を挙げた。

しかしステッセルはその少将の態度を非難し、コンドラチェンコのせいだと決めつける。出撃を承諾したのは軍司令官だが、結果が思わしくなかったため、コロリと態度を変えてしまったのである。

「一個連隊の兵力を喪失したわけか、あの無駄な作戦で――」

「…………」

思わずコンドラチェンコは言葉を喪う。いったん退却してきたフォークに怒り、ステッセルが反撃に両手を挙げて賛成したのは、つい五日前のことだったからだ。

「ロマン・イシドーロウィチ。きみは要塞の防衛司令官になって、技術の分野で働いてくれ。私の指揮下にはフォークを入れる」

ロシア人はある程度親しい間柄だと、姓を呼ばずに名と誰々の息子、という呼び方をした。相手が年長年少を問わずに用いられる。

「閣下がそのようにご要望になるのでしたなら、そうなさってください」

と、表情一つ変えずにコンドラチェンコは応えた。

「それでいいだろう」

「第25と第26の二個連隊が投入されていたら、今頃はダールニイで朝食でした」

「そうはいかんよ、ロマン・イシドーロウィチ」

不機嫌そのものの顔で、ステッセルは言った。それから一転して表情を変化させ、周辺の者たちを旅順での朝食にと誘った。

朝食を終えてから、コンドラチェンコは再び砲台を視察しに出かける。ふと一人の将校が精密な旅順の地図を持っているのに気づく。問いかけてみると、旅順の市内で買った日本製のものとのことであった。

——ロシア製のものに較べ、何とまあ完成度の高いことか！

そう少将は呟く。何しろ集落などの位置関係がしっかりしており、そのような面の曖昧なロシア製と比較にならないのだ。

それから彼は工事の重点を、旅順市街に近い地域でなく、その外側に集中すべきと指示した。これはステッセルの命令に、はっきり反するものである。

市街戦を展開するのではあるまいし、要塞の防衛線が突破されたらそれまで、とコンドラチェンコは信じていた。ステッセルの司令部をベトンで補強しても、何の意味のないことを百も承知していたのだ。

東郷司令長官の要望

七月中旬に、連合艦隊司令長官東郷平八郎提督は、大本営に旅順攻略を早期に実現するよう促した。これはロシアのバルト艦隊の到着を危惧しての動きだったのである。

ところが海軍はバルト艦隊の行動力について、とんでもない計算違いをしていた。最速の艦船が極めて順調に航海し、最も早く極東に到達するという前提で、考えを進めていたのだ。

スポーツに置き換えるなら、陸上男子の五〇〇〇メートルの世界記録のペースで

ロシア海軍バルト艦隊の乗組員が差し立てた軍事郵便

マラソンを走り抜くなら、という夢物語を語っているのと等しい。しかも艦隊の移動だから団体競技であり、最速艦だけが全力航行するわけにゆかない。補給艦などは遙かに足が遅いので、それを置いてきぼりにするのは不可能だった。

　だから高速艦船だと一九〇四年の一〇月末か一一月と計算したのは、あくまで机上の数字に過ぎなかったのである。この海軍の脅えが第3軍の強攻策を招くことになる。

　ところが大本営の陸海軍高級幕僚会議が開かれ、全員一致で東郷の要請を承認してしまうのだ。誰一人としてバルト艦隊の来航が年内という主張に、疑問を抱かなかったのであった。

　この会議に出席していた高級参謀の一人

は、

「現状で第3軍に少し無理押しを望むのもやむをえない」

と、大山巌満洲軍総司令官に進言しているのだ。

海軍としては一日も早く、旅順の警戒という任務から外れたいのは当然であろう。だが、この要望が旅順の無理攻め——最終的に六万もの死傷者を出すことに繋がるのだった。

第3軍の乃木希典軍司令官は、大山と会って打ち合せた際に、八月二一日からの旅順への砲撃開始で末日の要塞の攻略、という計画を明言した。外郭防衛線の突破に三日を要しているのに、より防備の徹底した要塞を一〇日で陥落させるなど、それこそ絵空事に近くなってくる。にもかかわらずここでも、物理的に無理な話が承認されてしまうのである。

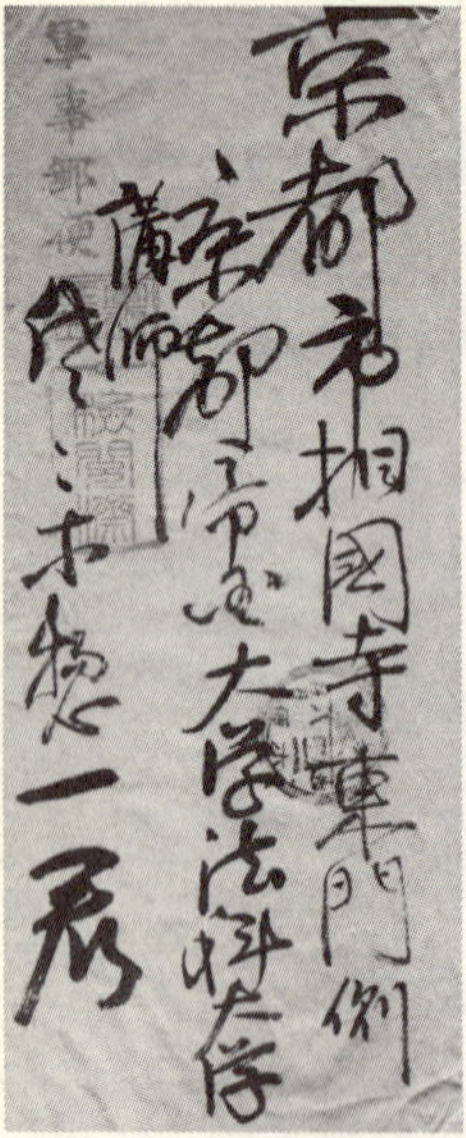

戦艦「三笠」からの軍事郵便

乃木には日清戦争の際、混成旅団を率いて旅順攻略戦に従軍しており、突撃に次ぐ突撃で砲兵の掩護不足を補い、たった一日で陥落させた経験があった。だからロシア軍の防備の方が幾らか強力だろうと考え、一〇日間という日数を考え出したはずだ。経験がマイナスに作用した典型だと言える。

しかしながら今回のロシア軍は、一〇年前の清国軍と全く違っていた。金州城を重視し南山に全く陣地構築しなかったり、旅順まで全く迎撃態勢を整えようとしておらず、また二〇三高地もガラ空きだったのである。そうした軍事後進国の軍隊と、世界随一の規模を有する大陸軍国を、まともに比較する方が愚の骨頂と言えるのだ。

乃木の麾下の各師団は、一〇日間で攻略しようとの意気ごみで、旅順の攻囲体制を完成させてゆく。地区隊を攻撃単位としており、それを率いるのは旅団長――少将だった。

第1師団――すなわち第3軍の右翼は、右翼地区隊に友安少将、中央地区隊に山本少将、そして左翼地区隊に中村少将を配した。

第9師団――すなわち第3軍の中央には、右翼地区隊に平佐少将、左翼地区隊に一戸少将が就いた。

第11師団――すなわち第3軍の左翼には、右翼地区隊に山中少将、左翼地区隊に神尾少将が就く。

これらの各師団には、それぞれ予備隊があった。また注目されるのは、各地区隊の単位において、六梃から一二梃の機関銃が配備されていたのである。

砲弾の落下

八月七日の暑い日のこと、旅順市内では一一〇〇時丁度に、ロシア正教の儀式が催されていた。顔中が髭だらけのいかめしい表情をした聖職者がこの宗派の十字架を捧げ、チルコワーヤ広場に進んでくる。

陽光を浴びて美しい白を基調とした聖旗が翻っていた。周辺に集まっていた信心深い住民たちが、ありがたそうに十字を切り、聖職者たちに信頼の眼差しを向ける。

ロシア語の祈念の言葉が、ゆるやかな海風に乗って流れてきた。ロシア皇帝に始まり、軍司令官のアナトリイ・ステッセル中将と夫人、そしてこの地の住民たちへの祝福が与えられた。感極まって泣き始める者――すべてがかなり年配の女性だが――まで見られる。

そのとき要塞地帯の遙か彼方で、祝砲が発射されたようなわずかな音がした。幾つも連続したが、誰もがそれを月世界の出来事のように受け取っていた。

――おかしいぞ！

近くにいたステッセル中将は、ウエラ夫人を一瞥してから、再び音のした方を見上げる。不意に空気を切るような音が接近したかと思うと、黒い塊が陽光のなかを過《よぎ》っていった。

次の瞬間、凄まじい爆発音と衝撃波が殆ど同時に襲い、群衆が薙ぎ倒された。聖職者が身を起こすと、慌てないようにと声を嗄らして叫ぶ。

ステッセルは夫人を見失うが、ともかく自分だけ近くの建物のなかへと退避した。爆発が相次ぐ。ついに我慢の限界に達したのか、聖職者が十字架を投げ捨て、地面に落ちた聖旗を構わず踏みつけ、倒れた人間を乗りこえ逃げていった。

——何たる為体《ていたらく》！——

そうステッセルは怒りを覚える。だが、直ぐに夫人を放り出して逃れた自分のことを思い出し、恥じいって下を向いた。

砲弾は市街地に落下していたが、少しずつ弾着を延ばしてゆき、岸壁から港に落下し始める。碇泊している艦船にも命中弾が生じた。海軍病院も例外ではなかった。

やがて砲撃は止むが、それからの混乱が大変であった。ステッセル夫人は夫に文句を言い、ステッセルは部下たちに吼える。

「あのヤポンスキーどもの砲兵隊を全滅させるんだ」

と、軍司令官は幕僚たちに命じた。

今度はその方法論で意見が続出し、少しも纏まる気配がない。砲撃で狙うのか歩兵を突撃させるか、議論百出の有様である。

ロマン・コンドラチェンコ少将は、境界守備隊の投入を主張し、それをステッセルが容れた。他の海兵をも一個中隊、加えて自分のカラーを出す。

ステッセルは臆病から旅順を出撃しようとしない、ヴィルヘルム・ウィトゲフト提督に対し厭味を言い、提督の方も別の問題でチクリと反論を加えた。彼らは日本軍に対する反撃より、味方に対する反撃に熱心なようであった。

日本軍の砲撃はあたかもモーニングコールのごとく、毎朝きちんともたらされた。前日は祭典に合せて遅かったが、翌日はもっと早い時刻に実施されたのだ。戦艦に命中弾が生じて、黒煙が上がり始めている。

――早く出航しないからだ！

コンドラチェンコは舌打ちした。これまで幾度ものチャンスがありながら、日本海軍の艦船を見かけると逃げて戻る、海軍の連中に腹立たしく思っていたからである。

戦艦が主砲を大きな迎角をつくり、要塞の向こうへと反撃を加え始めた。弾着で生じる轟音と大口径砲の発射の轟音が、激しく入り乱れて鼓膜を強く刺戟する。砲口から吐き出された硝煙が、渦を巻いて空中を漂っていった。たちどころに港内の視界が悪くなる。

そうしたなかにまた返礼のような恰好で、日本軍の砲弾が落下してきた。戦艦レトウィザーンの至近に爆発が起こり、舷側にかなりの孔をあけた。至近弾が海中で爆発すると、艦の鋲が緩んだり抜けたりするので、むしろ命中してくれた方が始末がよいのだ。

——臆病な海軍の奴らも、これでようやく腰を上げるだろう……。

そうコンドラチェンコは呟く。急ぎ前線へ馬首を向けた。彼の頭のなかには、どうこの日本軍の砲撃を阻止するか、それだけで一杯になっていたのである。

大孤山と小孤山への攻撃

ロシア軍の旅順要塞は、北東部から東部にかけて、すなわち水師営から白銀山にかけて、堅固な防備を布いていた。ところが東鶏冠山から白銀山の前面に、大孤山と小孤山の二つの小高い山もまた、突出する形で存在していたのである。

日本軍としては、それらが目の上の瘤のように感じられた。何故なら前進してきた第11師団の兵力の配備が、そして一挙手一投足がすべて、一目瞭然になったからだ。

第11師団は砲兵陣地の整備に、八月初旬からとりかかった。ロシア軍は当然、後方の白銀山を中心とする、望台や東鶏冠山からの砲撃で対抗してくる、と予想された。このため重砲陣地の強化が焦点となってきた。

師団長土屋中将は大孤山を攻略後、可能ならば小孤山をも占領せよ、という基本的な命令を下していた。

八月七日一〇〇〇時、日本軍の砲撃が開始される。ロシア軍も反撃したが、直ぐに沈黙させられ、途中から一方的なものとなった。

けれど望台など後方からの支援砲撃が激しく、これが予想以上に日本軍の攻撃を妨害し、歩兵の進撃を遅らせてしまう。この日の夕刻になって、ようやく大孤山のロシア軍陣地を破壊することに成功した。

悪天候がロシア軍に味方し、泥濘のなかを進撃する羽目に陥った第11師団左翼隊は、それでも大孤山の山麓へと到達したのである。だが、そこから先が思うに任せなかった。

日付が改まった八日早朝、またしても左翼隊——歩兵第43連隊と歩兵第12連隊が進撃を再開するが、前者の担当した大孤山方面よりも小孤山攻撃が先に進捗してゆく。

昼近くなって旅順港から出撃したロシア旅順艦隊の戦艦などが、小孤山沖合に姿を見せて艦砲射撃を開始、皮肉にも少し離れた大孤山で威力を発揮していった。それに対して日本海軍は、巌島や橋立などを出撃させ、辛うじて追い払うことに成功している。

この日も明るいうちに終わらず、暗くなってからようやく大孤山の山頂の一部を占領、増援部隊の到着と同時に、山頂全体を確保したのであった。厳しい戦闘に終始した歩兵第12連隊にとって苦労が報いられたのだ。

一方で艦砲射撃の損害が殆どなかった歩兵第43連隊の小孤山では、八日の午後に入って苦戦の連続となる。二三〇〇時の山頂への突撃が不調に終わり、ついに九日に入って突破口が見出せた。しかしこの攻撃も将校の死傷が相次ぎ、最終的には〇四〇〇時になって、下士官の率いる部隊が全山を占領した。

旅順要塞司令官のスミルノフ中将は、大孤山と小孤山が今後の展開に、重要な意味を有してくると考える。そこであくまで両山に固執し、奪回を決意したのであった。そのため東鶏冠山や望台の砲まで動員し、猛烈な砲撃を浴びせてくる。しかも中隊以下と小規模ながら歩兵を突撃させ、退避していた日本軍の隙を衝き、小孤山の山頂を奪回したのだ。

これに対する歩兵第43連隊の反撃は、ロシア軍の砲撃によって妨げられ、なかなか再奪回できずにいた。けれど夕刻遅く目的を達成する。

このとき日本軍は攻撃目標を狙う場合、ロシア軍が最寄りの砲台を総動員して、集中砲火を浴びせてくる、という事実を学んでいた。普通ならそれを学習して、次回以降に活かすのが常識である。だが、その経験が要塞攻撃で活かされるのは、相当数の大損害を生じてからで、しかも満洲軍総司令部の総参謀長――児玉源太郎大将の指摘によるものであった。

旅順艦隊の出航

日本軍の砲撃が開始されて四日目の八月一〇日に、あれほど口実を設けては出航を拒んでいた、ロシア海軍の旅順艦隊が動き始める。敷設された機雷を警戒して、掃海艇が三艘、艦隊の先頭に立った。

まだ港は暗い。空だけが明るくなってきていた。日本軍の砲撃が始まる前に全艦船の出航を完了したいという、ロシア海軍の意向がはっきりと窺われる。

「先頭にいるのは軽巡のノーヴィクか？」

と、ロマン・コンドラチェンコ少将が黒いシルエットから推定した。

大鷲の巣――望台に立って双眼鏡で視ている彼は、同意を促すように参謀長のエフゲニイ・ナウメンコ中佐に語りかけた。

「そのようです。あとは戦艦が続いていますね。多分、ツェサーレウィチ、レトウイザーン、ポベーダ、ペレスウェート、セヴァストポリ、ポルタワ……」

「あれほど長逗留していたら、自然と憶えてしまいます」

「それはそうだ」

コンドラチェンコが苦笑する。参謀長の精一杯の皮肉だったからである。陸軍の将兵は多かれ少なかれ、そういった感情を抱いていたのだ。

次いで巡洋艦隊が進み、周辺を駆逐艦が警戒に当たった。病院船もいるが速度が遅いため、これに合せての航行だと足手纏いになる危険性が大だと思われた。

「見渡せる限りの範囲内には、ヤポンスキーの艦艇はいませんね」

と、ナウメンコが遠くを一望してから言った。

「だが、ウラジオストクまで全く遭遇せずに到達できるとは思えん。そうだろう、エフゲニイ・ニコラエウィチ？」

「一日か二日のうちに、必ず何か起こるでしょう」

二人はそれから本来の自分たちの職務に移る。砲台の視察だ。大鷲の巣――望台は、周辺からひときわ抜きん出た恰好だから、東鶏冠山北砲台が眼下に望めた。赤味がかった煉瓦造りの兵舎が、夜明けとともに鮮やかさを増してくる。ぐるりと一八〇度向きを変えると、盤龍山砲台がやはり眼下だ。

「この六インチ砲は威力を発揮するだろう」

「詳しいな、きみは」

そうコンドラチェンコが、大鷲の巣の砲に手をかけ、満足して語りかけた。榴弾砲と違って直射するカノン砲だから、攻囲戦で威力を発揮してくるはずであった。

「ヤポンスキーの艦隊《フロート》だ！」

と、少将の背後で誰かが大声で叫ぶ。

「な、何だと――」

ナウメンコが、次いでコンドラチェンコが、相次いで同じ言葉を発した。そこからは少し遠いが、それでも双眼鏡を使用すれば、十分に水平線上の黒煙が確認できる。

「早いな、出現が！」

「早いですね。まるで誰かが合図を送ったかのようだ」

「スパイ《シュピオン》か……」

「そんな噂が流れています」

「私も聞いたことがあるな、それは――」

「確証はありませんが」

「もちろんそうだが、勝つことを望んでない奴がいるとは残念だ」

コンドラチェンコが口惜しそうな表情を見せた。日本軍のスパイが多数、旅順に潜入していることは常識であった。中国語の上手な日本人に入りこまれたら、ロシア人には見分けがつかないのだ。けれどそれ以外にロシア軍人のなかにも、内通者がいるとの噂が絶えなかった。

日本の艦隊は煙だけでなく、艦船の姿もはっきりしてくる。ロシア側の低速艦が何隻か捕捉されるのは、もう確実だと思われた。

「いかんな！」

と、少将は双眼鏡をいったん外して溜息をつく。

四五歳の彼が、このところの激務の連続のためか、一度に一〇歳くらい年をとったような感じがする。それを中佐は心配した。

「ヤポンスキーの海軍は、艦の性能から司令官の資質、おまけに水兵の士気まで我が方とは段違いのようですね」

「残念ながらそのとおりだ。多少の差ではないのが、私にもよく判るよ」

「速度が全然違います。追いつかれ撃滅されるのでは？」

「そこまで戦意があれば賞讃していいだろう。白旗を上げてくれると、その艦はそっくりヤポンスキーの戦力になってしまう」

そのようにコンドラチェンコは危惧して、また双眼鏡で日本艦隊を視た。彼の肘から先が小刻みに揺れていた。

彼らの心配しているように、ロシアの旅順艦隊は捕捉されつつあった。日本海軍の戦艦が四隻と装甲巡洋艦が二隻、どれも時速一七ノット——三一キロメートルほどで、ウラジオストクへの航路を遮断しようとしている。

旅順艦隊はどれも艦ごとに速度がまちまちであり、隊形を組むには低速のものに合せる必要があった。これは致命的な問題となる。

日本海軍の戦艦——三笠、朝日、富士、そして敷島は、速度一三ノットしか出ない旅順艦隊の鼻先を押える恰好となった。三笠が砲撃を開始して、ロシアの戦艦ツェサーレウィチに集中攻撃を加える。双方が砲撃を一斉に開始したことにより、海面が黒煙で覆われてゆく。

ロシア艦船に激しく幾つも火花が散り、命中弾が続けざまに生じているのを示している。炎上すると黒煙のなかでもはっきり認められた。ツェサーレウィチもまた火を発していた。

ペレスウェートが新たに燃え上がる。レトウィザーンのマストが折れ、煙突を一本吹っ飛ばされた巡洋艦も出てくる。

いったん距離を置いた日本艦隊——第1主力戦隊は、改めて旅順艦隊に襲いかかった。命中率にはっきり差があったことから、旅順艦隊はたちどころに劣勢となり、どれもこれもが旅順へ転針し始める。

ロシアの艦船はどれもこれも甲板上を滅茶苦茶にやられていた。煙突を多くの艦がやられたことにより、速度がいよいよ低下していったのだ。

日本海軍はさほど無理をせず、距離を隔て砲撃を加えてゆく。ウラジオストクへ向かうことを阻止して、その目的を達したかのように思えた。

どれもこれもがスクラップ寸前のロシアの戦艦は、やがて旅順沖に戻ってくる。とりわけセヴァストポリなどは、随所が孔だらけになっており、戦死者が皆無というのが信じられなかった。マストは原形を留めておらず、煙突は破れ障子のように見えた。

「閣下、またです」

と、エフゲニイ・ナウメンコ中佐が呆れた口調で報告する。

「全部か、帰ってきたのは？」

ロマン・コンドラチェンコ少将は、そのように応じた。散々やられていることは、双眼鏡で確認するまでもないと思った。

「ツェサーレウィチとかアスコーリド。それにディアーナがいません。他にも駆逐艦がかなり……」

「尻尾を巻いて逃げてきたわけだ。予測されたとおりとはいえ、全く情けないものだな！」

旅順艦隊について何ら期待を抱いていないコンドラチェンコは、それだけ言って自分の仕事をまた始める。

旅順市街にいたアナトリイ・ステッセル中将は、報告を受けて苦虫を嚙んだような顔をし、大きく表情を歪めた。暫くのあいだ言葉もなかった。

——卑怯者どもが！

そう憎々しげに呟く。自国の海軍——とりわけ旅順艦隊に対して、憎悪の念が湧き上がってきた。

旅順にいる者たちは翌朝までのうちに、ヴィルヘルム・ウィトゲフトとニコライ・マッセーウィチといった二人の提督の戦死を知った。こうした悪いニュースが伝播してゆく速度は驚くばかりである。

そうした噂は入港してくる、あるいは投錨している損傷だらけのロシアの艦船を目にし、誰もがはっきりと認識させられた。あまりにも歴然とした敗北の証だった。

その朝もまた、要塞越えに日本軍の砲弾が、モーニングコールのように降り注ぎ、新市街に弾着を生じさせている。それに反撃するかのごとく、投錨中の戦艦が主砲をあてずっぽうに近い感じで、大きな迎角でぶっ放し始めていた。

それから数日後、またしても悪いニュースが、旅順のロシア軍にもたらされる。八月一四日の蔚山《ウルサン》沖において、ウラジオストク艦隊の三隻の巡洋艦が捕捉されてしまい、リューリクを撃沈された上に追い散らされた。

これによって日本海から黄海にかけての制海権が、ほぼ完全に日本側へ転がりこんだのである。このことは連絡線――補給路の確保といった意味で、日本軍全体に大きなプラスとなったのだった。

第1師団前面の進出

旅順の市街からは北西――要塞北西端に当たる北大王山と大頂子山のロシア軍陣地は、この方面でやはり突出した存在となっていた。

ここへは日本軍――第3軍の右翼である第1師団が展開を終えており、大孤山と小孤山の戦況が第11師団の勝利の確定した時点で、攻略にと動くことになる。

既に日本軍は遼東半島での東清鉄道を殆ど押えており、大連で陸揚げした補給物資を楽に運べるようになっていた。これは以後の戦闘に大いに寄与したのである。

第3軍の乃木希典軍司令官は、砲兵陣地が整備された段階で、攻勢に転じることを決意した。来るべき総攻撃に先立って、要塞の前面のロシア軍拠点を、一掃しておく目的を有していたのだ。

第1師団長の松村中将は、友安少将の右翼隊、山本少将の中央隊、中村少将の左翼隊というこれまでの編成を、そのままに配置し攻撃を計画した。砲兵隊は砲兵第1連隊と野戦重砲兵連隊の一個大隊が配備され、支援砲撃に当たることを命じられた。

攻撃が開始されたのは、八月一三日のことである。渤海湾寄りの韓家屯から隋家屯の東側という北大王山の西の裾野から、ロシア軍の小規模な陣地を一掃してゆく。これは韓家屯などからの攻撃を受けたものの、反撃の末にロシア軍を退却させていった。

ロシア軍としても、大頂子山などの占領を許すことは、旅順要塞の内懐への進出を許すため、激しく抵抗を示してくる。戦闘は暗くなって更に日が改まっても続き、後備歩兵第1連隊は明け方近くにようやく、隋家屯東方へ進出できた。

後備歩兵第16連隊は、やはり隋家屯、次いで韓家屯からのロシア軍と深夜に遭遇、これを撃退して西大山にまで到達する。後備歩兵第15連隊は、北大王山の北方から進んだが、日が改まってからロシア軍陣地に接近、この有刺鉄線に行く手を阻止され、全く前進できなくなり、そこでいったん行動を停止した。

第1師団は掩護が必要となり、大迫少将の砲兵第2旅団が急ぎ前進したものの、雨で泥濘となって行動を大いに妨げられた。しかも大頂子山のロシア軍砲兵陣地から砲撃を受け、夜半からの霧で辛うじて布陣に成功する。この砲兵旅団は、砲兵第16連隊、砲兵第17連隊、それに砲兵第18連隊によって編成されていて、火力による制圧を狙ったものであった。

同時に第1師団の砲兵第1連隊と野戦重砲兵連隊第1大隊も、それぞれが前線へ布陣し、大頂子山のロシア軍陣地への攻撃準備を完了させる。ところが悪天候や地形に災いされ、効果的な砲撃を加えられず、徒に時間が経過していった。

第1師団の歩兵——右翼隊と中央隊は、頑丈な有刺鉄線で前方を防備した、強力なロシア軍陣地に直面する。ここで展開された戦闘は、旅順要塞への攻撃の際の教訓となるものであった。すなわち陣地から集中攻撃を浴びせてくる上、その周辺からの砲撃と機関銃による掃射は、全く前進を不可能とさせたのだ。

二個中隊がロシア軍陣地に突き進み、およそ二五〇名の兵員が、五分の一以下になったと言われる。こうした損害が生じるのは、初めて体験しただけにある程度、致し方ない面があった。しかしながらそれを学習し、後刻の戦闘に活かすことにより、その犠牲も意味が生じてくる。

だが、それは何故か参考にされなかった。指揮官たちが

乃木希典大将。軍人よりも神官か教育者に適した人材で、のち学習院院長となった

弱音を吐くことを嫌い、上層部に惨状を報告しなかったとも考えられる。また連隊や師団の上層部が、軍司令部に伝えなかったケースも十二分に想像されたのである。

軍隊の組織は、直属の上官に状況を報告、その上官はまた上官にという経路をたどる。中間に三名か四名、上級の将校が入ると、誰か一人がそれを伏せたら、将官あるいは軍司令官のレヴェルには届かない。

こうした傾向は、昭和になってノモンハン事件が起きたときにも、はっきり垣間見られた。日本軍の対戦車砲はソ連軍のT-34戦車に歯が立たず、逆にその戦車はソ連軍の砲の前に装甲を簡単に射抜かれてしまう。これは情報不足でなく、入手した都合の悪い情報について、握り潰したのが原因であった。

モスクワの日本大使館に勤務する駐在武官たちは、極めて正確にソ連軍の戦車の性能を探り出し、東京に報告していたのだ。また帰国してその事実を上層部に話し、装備の改善を強く主張したという。しかしながらそういった武官たちは以後、冷遇されて出世の道を閉ざされてしまった。かくしてボール紙のごとき装甲の日本軍戦車が、ノモンハンの草原で鉄の棺と化したのである。

旅順においては、その前哨戦たる二つの戦闘で、後日に始まる要塞攻撃の大損害を予測させる、はっきりした前兆が見られた。しかしながらここでの損害の数字が小さかったことで、結局のところ一顧だにされず終わったのだった。

八月一三日から一四日にかけての第１師団の攻撃が進捗しなかったのは、砲兵の支援が十分でなかったのは言うまでもない。ロシア軍の砲兵陣地と機関銃陣地をある程度まで制圧していない限り、歩兵の突撃には自ら限界が生じてくることを、これまた認識しておくべきだったであろう。

支援砲撃が活発化した八月一五日には、北大王山と大頂子山方面のロシア軍陣地に対して、突撃が効果を発揮するようになった。それらの前方にある一六四高地を占領、次いで北大王山をも奪取する。

この機を捉えた第１師団は、砲撃を大頂子山へと集中してゆく。けれどここでは無理攻めをせず、日没と同時に方針を現在地の保持にと切り替えた。突撃にはまだ不十分と判断されたので、師団長は慎重に構えたのである。

この段階においては、北大王山の攻略によって、旅順要塞の一角に足場を築き、本格攻勢に備えればよい、という考えに立脚していたのだ。こうした柔軟な戦術展開が、何故、以後は姿を消したのであろうか――。

恐らく旅順要塞を攻め始めてからは、第３軍司令官あるいは参謀長の意向が強く反映され、時間との競争が強いられたはずだ。その原因の一つは、バルト艦隊の極東への到達日程を、海軍が読み違えたことだった。

第4章

第一回旅順攻撃

降服勧告

八月一六日――ロシア暦では八月三日の早朝のことである。ロシア軍の第二堡塁――日本側の呼称では東鶏冠山北砲台の前方に、大きな白旗が見えた。

次いでゆっくりした足どりで、騎乗した日本軍将校が数人、少しずつロシア軍陣地の方へ近寄ってくる。休戦の申し入れであった。それを確認した証拠に、ロシア軍の側からも将校が出て、出迎えの意思を表示した。

「私は山岡少佐《マヨール・ヤマオカ》でありますが、我が司令官よりの書状をステッセル将軍閣下にお渡しいただきたい」

と、少佐はロシア軍の中尉に対して、上手なロシア語で要望を述べた。

「承知いたしました、少佐どの。これから司令部に電話連絡いたしますので、内部《なか》でお待ちいただけますか。直ぐにお茶の仕度をいたします」

出てきた中尉は士官学校を卒業しているから、こうした場合の礼儀をきちんとわきまえていた。軍使の扱いは一九世紀的な戦争において、然るべき処遇を要するからであった。

山岡と随行の将校たちは、日本式に丁寧に一礼して、それから勧めに応じて要塞の前面へと入ってゆく。

ロシア軍の兵士たちが、急いでテントを設営し、同時にテーブルと椅子とを運んできた。そこへウォトカなどアルコールまで並べられた。ロシア軍の将校たちが席に着き、ときならぬ談笑が始まる。

さりげなく山岡は話題を変え、つい先日出航したまま未帰還となっている、ロシア側の九隻の艦船の運命について、一つまた一つと語っていった。駆逐艦五隻が青島などで武装解除されたり、巡洋艦リューリクの最期の模様が、順を追って伝えられる。

ほどなく軍司令部から、ステッセルの参謀長——ヴィクトル・レイス大佐が姿を見せ、まずは乾杯となった。それから山岡は書状を手渡す。かくして儀式は終了し、一行はロシア軍陣営から退去した。

レイスは訝《いぶか》しそうに書状の宛名をたしかめてから、急いでまた軍司令部へと馬を走らせる。その一部始終を周囲にいる将兵が、さりげない態度だが眼差しだけ真剣に、じっと見つめていた。

「何だったたい、大佐？」

と、アナトリイ・ステッセル中将は彼を見るなり開口一番に声をかける。

「ノギそれにトーゴー将軍からの書状です、閣下」

「私にか？」

「さようで――」

ステッセルはその文面が英文だったので、直ぐに翻訳させた。それは非戦闘員の要塞からの退去勧告と降服勧告、あと一通はステッセル夫人へのものだった。

翻訳は速やかに終了したが、それをステッセルが読み終える直前に、要塞にいる将星たちがことごとく、あたかも出頭命令を受けたかのように、軍司令官の司令部に集まってきていた。

ロマン・コンドラチェンコ少将もその一人である。彼は驚いたことに将校でなく、下士官からそれを教えられて、とりあえず駆けつけてきたのだ。そうした情報は下士官や兵士たちのあいだの方が、何故か速く伝播してゆくものだった。

「何があったんだ、大佐?」

と、コンドラチェンコはさりげなくレイスに問いかける。

「降服勧告です、閣下」

「まさか受諾するんじゃあるまいね」

「いくらなんでもまだ早いでしょう」

「フォークに見せると、何か言い出すんじゃないか」

「…………」

少将のきつい冗談に対して、将軍のことなので大佐は無言で下を向く。実のところ彼もそれに同感であった。

ステッセルは直ぐに将官クラスの会議を招集しようとするが、その顔ぶれの大半が呼びもしないうちに集合している。それに軍司令官は驚くが、同時に納得し皆を部屋に招き入れた。

会議は日本軍の申し入れについて意見が交され、拒絶ということで一致する。ただし婦女子の退去に関しては意見が割れるが、結局のところ現状どおりがよいとなり、これまた拒絶となった。

その場に出席していた軍司令官の参謀長たるレイスが、回答文を英文で纏める役割を負う。それを運ぶのは別の大佐――ゴロワンと役目が分担された。

翌八月一七日――ロシア暦で八月四日、ゴロワン大佐は李家店に出かけ、日本軍の将校に拒絶の返書を手渡した。

総攻撃の準備

既に八月一一日、第3軍の乃木希典軍司令官は、旅順要塞に対する総攻撃に関する、作戦計画を麾下の司令官たちに示した。

それによると八月一八日払暁より砲撃を開始し、二日間にわたり徹底して継続、二〇日払暁に突撃を開始する、という内容を有していたのである。

第1師団は、北火石岑子、水師営東端、松樹山西麓、そして龍河を結んだ線より以西、とされた。

第9師団は、第1師団の左翼の線と、団山子東方の凸稜、大姜家屯西北高地、呉家房、東鶏冠山北堡塁の谷を結ぶ線とのあいだ、とされた。

第11師団は、第9師団の左翼の線より以東とされた。

攻勢の正面は、二龍山から東鶏冠山砲台――すなわち旅順旧市街の北から北東にかけて、となったのである。この正面の決定は、悪くないものだと考えられた。何故なら第1師団から第11師団の分担地域をすべて満遍なく攻撃していたら、絶対に要塞の突破など不可能だからだ。

しかしながら問題は砲兵部隊の配置となってくる。攻城砲兵司令官――豊島少将の定めた砲撃目標を検討してみよう。

陸戦重砲隊――一二センチ速射砲六門は、椅子山から二龍山までの堡塁と砲台、とりわけ二龍山堡塁を破壊、要塞内部も機を見て砲撃を加える。一二ポンド砲一四門を以て、椅子山から二龍山までの堡塁と砲台、とりわけ松樹山の砲台と堡塁を破壊する。

野戦重砲兵連隊――一二センチ榴弾砲によって、松樹山堡塁、盤龍山西堡塁を経て、望台砲台から東鶏冠山堡塁に至るまでの中間砲台を砲撃し、とりわけ盤龍山西堡塁と望台砲台に火力を集中する。

徒歩砲兵第1連隊――第1大隊の一二センチ・カノン砲一六門は、松樹山堡塁から東鶏冠山砲台までのあいだの敵砲台の砲撃行動を妨害すると同時に、夜間にはロシア軍の堡塁後方を砲撃して交通を混乱させる。第2大隊の一五センチ榴弾砲一六門は、主として盤龍山東堡塁と東鶏冠山北堡塁を破壊する。

徒歩砲兵第1独立大隊――九センチ臼砲一二門は、盤龍山新砲台から東鶏冠山砲台までのあいだにある、敵の各砲台の砲撃行動を妨害する。

徒歩砲兵第3連隊――第5および第6中隊の一〇・五センチ・カノン砲四門と一二センチ・カノン砲六門は、二龍山堡塁から東鶏冠山堡塁までのあいだにある各砲台の砲撃行動を妨害するとともに、夜間にはロシア軍の堡塁後方を砲撃して交通を混乱させる。第7および第8中隊の九センチ臼砲一二門は、二龍山堡塁から東鶏冠山までのあいだにある、各砲台の砲撃行動を妨害する。第1大隊の一五センチ臼砲二四門は主として盤龍山東堡塁を破壊、同西堡塁付近から東鶏冠山南堡塁までの敵砲台を砲撃する。

徒歩砲兵第2連隊――第1大隊の一五センチ臼砲二四門は、主に東鶏冠山北堡塁を破壊するとともに、盤龍山東堡塁から東鶏冠山砲台付近までにある敵砲台を砲撃する。第2大隊の一五センチ臼砲二四門は、東鶏冠山砲台に火力を集中するとともに、東鶏冠山北堡塁から白銀山北砲台までのあいだの敵砲台の砲撃行動を妨害する。

以上のような命令が発せられた。ところが地図上で追ってみれば一目瞭然のように、実に広範にわたって目標を設定していたのである。これでは敵に与える損害が、とおり一遍になってしまい、限りのある砲弾を彼らにバラ撒く結果となるのだ。

こうした場合は主攻撃を数キロメートルの範囲に定め、それ以上の地域を陽動攻撃にとし、主攻撃の部分へ砲火を集中する、という手順が望ましい。特定の拠点を制圧したら、次いで砲撃範囲を左右とその奥行にと深め、占領拠点への敵の歩兵の反撃と砲兵による砲撃を、妨害するという段階を踏んでゆく。

ここで目標を絞りこむなら、第3軍の軍司令部と同じ視点で考えると、二龍山砲台から東鶏冠山砲台のあいだであろう。そのあいだで拠点を確保、そこから要塞をこじ開けてゆく、というわけだ。

拠点を一つ占領しても、周辺の堡塁や砲台を放置しておいたら、集中攻撃を受け潰される可能性が高い。これは現実に幾つかの堡塁を占領後、再奪回されたり砲撃で大損害を被ったわけである。

だから攻略が成功しそうになったとき、すべての砲撃目標は急ぎ周辺の目標に切り替え、それを先に潰すとの戦術転換が必要なのだ。これによってせっかく敵堡塁にたどりついた、味方歩兵を掩護することになる。

また旅順要塞の地形をきちんと視察すれば、旧市街から北西部に当たる――大頂子山から石盤山の線が突出しているのが判る。石盤山の直ぐ後方――東側には二〇三高地があり、砲台や堡塁が東鶏冠山方面と較べて手薄で、遙かに抵抗が小さかったはずだ。

このように乃木軍司令官は、最初の時点で戦術展開の組み立てに、完全な失敗を犯していたのである。戦さ下手で定評のあったこの司令官を任命したことと、補佐すべき参謀長や幕僚たちの不明を責められるべきだった。

砲撃開始

夏の朝の陽光が旅順の要塞を照らし始めた。けれど市街地も兵舎もまだ大多数の者が眠っている。定期的な砲撃が開始されるまで、時間がまだあった。

ロマン・コンドラチェンコ少将は、少し早目に起床して身仕度を整えている。何か起こりそうな予感が前夜からしてならなかったからだ。戦場に在る者にとって、直感力はしばしば生死を分けてしまうのである。

――降服勧告から三日だ。そろそろ動いてくるだろう……。

彼はそう考えていた。遙か彼方でスポンといった間の抜けた音がしてくる。どの方角だか一瞬、判断に迷った。だが、その音が連続し始めると、どうやらロシア軍で第二堡塁と呼んでいる、東鶏冠山方面であるらしいのが判った。

従卒に馬を連れてこさせ、自分の参謀長のエフゲニイ・ナウメンコ中佐を呼ぶよう、緊急事態らしく早口で命じる。

その周辺で一番見晴しのよいのが、大鷲の巣――望台の砲台であった。そこに陣取れば北から東にかけて、殆どの地域が見渡せるからだ。

大鷲の巣を彼は馬上から一瞥した。弾着が猛烈に生じている。凄い砂煙が上がっており、そこにいる将兵の安否が気遣われた。少し遅れて爆発音とわずかながら衝撃波まで伝わってきた。

負傷兵と擦れ違う。少将は短く会話を交わして状況を知ろうとした。的確な返答があったので、彼は満足する。そうしているあいだにも望台へは、日本軍の砲弾が金切り声を上げて降り注いできた。

ロシア軍の砲台にたどり着くが、二門のカノン砲のうちの一方は、既に初弾により破壊されており、指揮官のヴィルヘルムス少尉が戦死していた。偽装が不十分で砂袋を積んだだけの砲台は、応戦するどころか隠れるだけで手一杯の様子である。

――露出した砲兵陣地なんてものは、先手を打たれたらこの為体《ていたらく》だ！

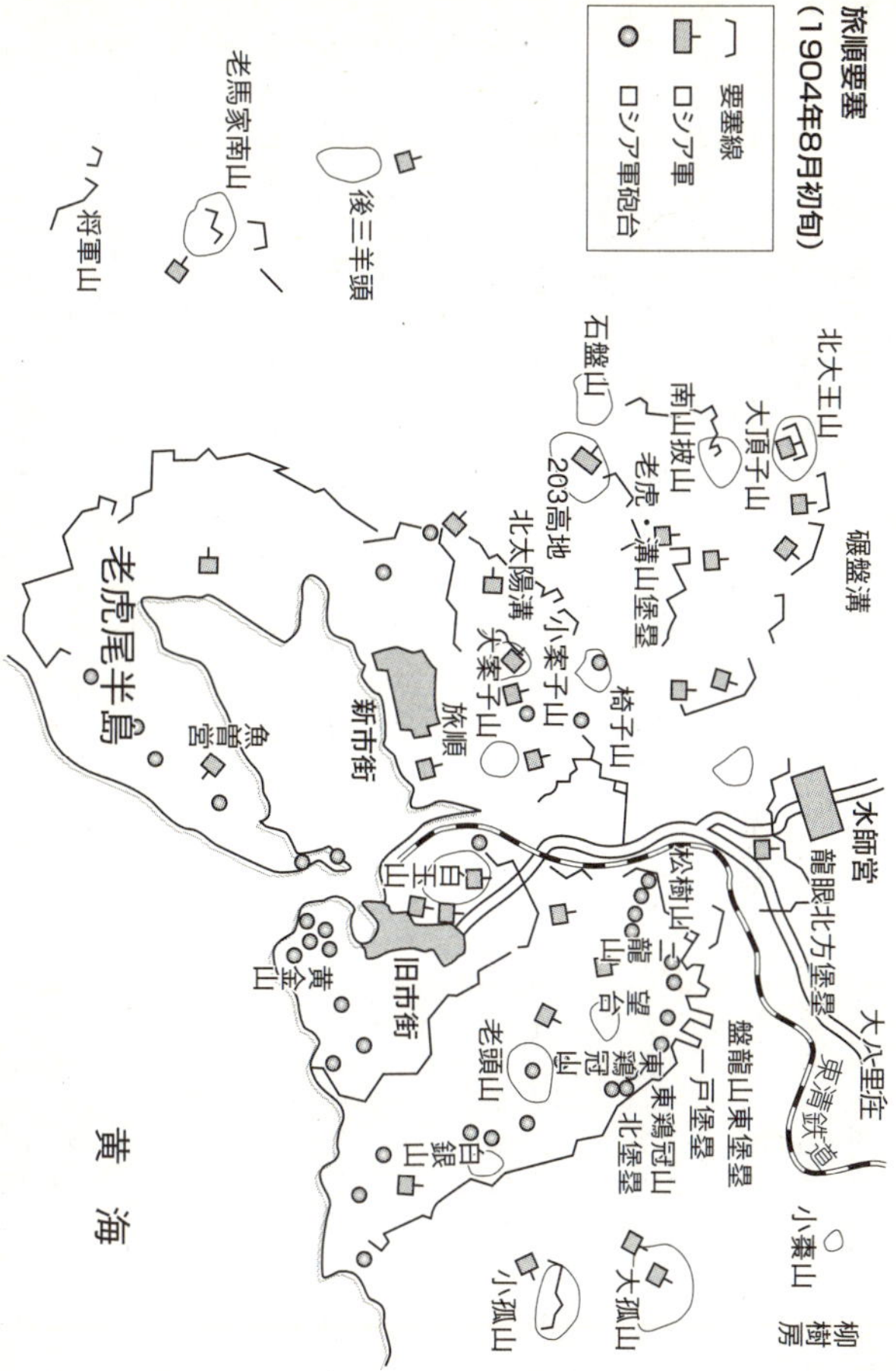
旅順要塞
（1904年8月初旬）
要塞線
ロシア軍
ロシア軍砲台
老馬家南山
後三羊頭
将軍山
北大王山
石盤山
南山坡山
大頂子山
203高地
碾盤溝
北太陽溝
小案子山
大案子山
椅子山
旅順
新市街
老虎尾半島
魚雷営
水師営
龍眼北方堡塁
東清鉄道
松樹山
二龍山
望台
一戸堡塁
盤龍山東堡塁
東鶏冠山
東鶏冠山北堡塁
白玉山
旧市街
黄金山
老頭山
白銀山
柳樹房
大孤山
小孤山
黄海

コンドラチェンコは苦い表情で吐き捨てた。日本軍の砲兵陣地を望むと、また白煙が上がる。二〇秒近く経過してから砲声が幽《かす》かにし、やがて空気を切り裂く金切り声が頭上に響き渡り、静かになったと思った瞬間、弾着が生じて鼓膜を痛めつけ肺のなかの空気を震動させる。

「閣下、そこは危険ですぞ！」

と、砲兵の一人が彼の袖を引いて壕内へと導く。

次の瞬間、かなり近く——一〇〇メートル以内に弾着が生じ、爆発音と衝撃波が襲い、少し遅れて土砂が頭上に降り注いだ。斜面の下から吹き上げてくる風に乗ったらしい。

砲撃が一段落すると、コンドラチェンコはまた視察に出た。要塞司令官のスミルノフ中将が近くにいることを知りそれを探した。けれど中将は大隊長クラスのやるような、反撃計画をしきりとメモしている。

——あんたのやる仕事は戦略に係わるものだろう。そんな下級レヴェルの戦術じゃないはずだ！

そう言いかけて、辛うじてコンドラチェンコは我慢した。どうせ彼がそのような作戦計画を提案しても、ステッセルが一言の下に否決してしまうからである。軍司令官がいて要塞司令官がいて、そしてコンドラチェンコは要塞防衛司令官だった。

屋上屋を架した組織だから、権限など誰がどうなっているのか、当の本人にもさっぱり理解できていない。つまりステッセルが一人ですべて握っているのを意味していた。

そうしているあいだにも、東鶏冠山砲台などの負傷者が、担架で次から次へと運びこまれてくる。顔面あるいは全身が真っ黒に焼けただれ、生きているのかどうかも判然としない重傷者もいた。

「ザリーテルナヤ砲台がやられた！」

と、負傷者のいた位置を担架兵が申告している。

東鶏冠山砲台のことであった。コンドラチェンコが質問すると、そこに直撃弾が命中したとの返答がかえる。日本軍の砲撃の正確なことに、少将は舌を巻いた。着弾修正をして、数発後にきちんと弾着を決めたからだ。

——軍司令官のように、ヤポンスキーを猿だと思っていると、大火傷を負っちまうだろう！

そうコンドラチェンコは呟く。パリにいた駐在武官の友人が語ってくれた、日本の元軍事顧問だったフランスの将官が二人、日本人が勝つと断言した話を思い出した。ドイツにもそんな将軍がいたっけと、彼は不安を覚える。

ステッセルは日本人を人間扱いにしていないのと同時に、ロシア軍の下士官兵卒に関しても同様であった。侍従武官のまま軍司令官に就任していたから、サンクト＝ペテルブルクの宮廷の延長で生活しており、フランス語を理解しない者たち――下士官兵卒たちを無教養な者として莫迦にしてきたのだ。

依然として日本軍の砲撃はそこら一帯で続いていた。左手からも聞こえてくるから、松樹山より以遠でも砲撃を加えていることが判った。

大頂子山への攻撃

前回の北大王山攻略の際、日本軍は大頂子山をも攻めたが、ロシア軍の猛反撃によって撃退されていた。

そこで第1師団司令部としては、今回の作戦において初動の段階で完全に手中に収め、以後の展開を有利に進めたいと目論んでいたのである。標高一八三メートルしかないが、日本軍の位置自体が低いため、見上げると聳え立っている感じがした。

攻略に当たった後備歩兵第1連隊の二個大隊は、北大王山方面と一二六高地の二か所から接近してゆく。標高差のさしてない地点より攻撃を開始し、少しでも不利を小さくしよう、との狙いがあった。

後備歩兵第15連隊も攻撃に参加、北大王山から後備歩兵第1連隊の支援にとりかかるが、やがて大頂子山へ進撃を開始する。しかしながら他の部隊が苦戦したのと同様、第1大隊はロシア軍の砲火により損害が続出、更には地形と有刺鉄線に妨げられ、二進も三進もゆかない状態に陥った。これらの後備の二個連隊は、攻撃に参加した将校のほぼ全員が、死傷という事態を招いたのである。

標高の面で優位に立つ側は、砲撃と機関銃の掃射、そして塹壕に陣取る歩兵の銃撃と、すべての点で比較にならないほど有利だ。しかしながら支援の砲撃を受けるため、損害もまた少なくない。

この方面の急を知り、ロマン・コンドラチェンコ少将も駆けつけ、状況を視察していた。日本軍の攻城戦術を知るためだ。同時に将兵を督励した。

八月一九日の夜は膠着したまま過ぎ、二〇日の朝を迎えて攻撃が再開される。前日の失敗に懲りた日本軍は、大頂子山への砲撃を集中して、ロシア軍陣地を痛めつけた。それに呼応した形で、歩兵の前進が始まった。

前日からの防戦で疲労していたロシア軍将兵は大いに動揺、日本軍がそこを衝いて急進、二つ三つと前哨点を奪ってゆく。白兵戦が展開され、激戦が続くものの、ついに後備歩兵第16連隊の支援を受け、後備歩兵第1連隊は山頂を確保できた。

これと同時に水師営方面でも、第1師団の中村少将率いる左翼隊が行動を開始、徐家屯の西方堡塁にと向かった。歩兵第2連隊の二つの大隊——第2大隊と第3大隊は、それぞれ一〇七高地と徐家屯西方堡塁を二〇日未明から攻撃、わずか数時間でどちらも占領に成功した。

しかしながら水師営を見下ろす、椅子山や松樹山の砲台から攻撃を加え、砲弾や機関銃弾が雨霰《あめあられ》と浴びせられた。このため日本軍の二個大隊は、ひたすら占領地域を確保するのが精一杯で、それ以上の進撃など考えられなかった。ロシア軍の塹壕を補強したりして、ただ身を隠すだけの状況となる。

歩兵第3連隊は、水師営南方の堡塁群攻撃にとりかかるが、有刺鉄線の前面まで進んだとき、早くも発見されて機関銃や小銃の掃射を受けた。この連隊の第1大隊と第3大隊が攻撃に参加していたが、二人の大隊長が早い段階で負傷し、他の将兵のあいだにも死傷者が続出したのである。

周辺の砲台だけでなく、旅順港内の艦船からもまた、主砲を中心とした砲撃を加えてきていた。その砲弾は威力があり、土中に潜ってから爆発するため、壕全体を掘り起こすような感じだった。

これは二一日に入ってからも続き、ついに撃退される羽目となる。いくら正面の敵支援砲火を沈黙させても、周辺からの砲火によって大損害を被るという、予想していなかった事態を招く。

本来ならこの教訓は、砲兵部隊の支援砲撃のやり方に、大いに活かされるべきであった。しかしながら、これは全く顧《かえり》みられることなく、のちに満洲軍総参謀長――児玉源太郎大将に指摘されるまで、一度として作戦会議に出なかったのだ。

歩兵第2連隊の第3大隊は、寺溝東北のロシア軍陣地の攻撃を開始した。この大隊は三時間以上かけて陣地を占領、直にその保持にかかったものの、そこへロシア軍の増援部隊が駆けつけ、再び激戦が展開されてゆく。周辺砲台からの支援砲撃も激烈で、そのなかで白兵戦が始まった。そこへ予備の歩兵第3連隊第2大隊が戦場に到着、たちどころにロシア軍を撃退する。

水師営南方の堡塁に対しても、再び夜陰に乗じての攻撃が加えられたが、ロシア軍の機関銃陣地からの猛烈な掃射のため、日本軍は死傷者が続出して継続不能となった。

機関銃によって阻止された例は、多くの地域で見られた。龍眼北方堡塁――ロシア軍陣地のなかで最も北へ突出した陣地を、歩兵第36連隊を主力とする部隊が突進したところ、わずか二梃によって射ちまくられ大損害を被ったのである。

結局のところ第1師団の作戦は、大頂子山を占領した以上、これといった進展を見せずに終わった。逆に砲撃と機関銃の掃射により、密集隊形で突撃した歩兵の損害が、夥しい数に達していた。

近接戦闘

大鷲の巣の上から、ロマン・コンドラチェンコ少将は、日本軍の攻撃を見守っていた。ロシア軍の最前線――盤龍山東および西堡塁、北堡塁、そして眼下のП《ペー》（P）堡塁などが、それこそ手にとるように判る。

日本軍の攻撃が単調極まりないので、そのことに彼は驚きを覚えていた。突撃支援のための砲撃をひとしきり実施すると、射程を伸ばして旅順要塞の後方へ弾着を集める。そうすると今度は歩兵がじりじりと進み、途中から突撃に移った。

砲撃のあいだ隠しておいたロシア軍の機関銃が火を吐き、壕から身を乗り出した狙撃兵――歩兵が斉射を浴びせる。日本軍の将兵は、ロシア軍の最前線に到達するまでに、三分の一くらい兵力を減じてしまった。ときに効果的な砲撃があると、それこそ二分の一くらいにまで減少している。そして以後は時間の経過に伴い、じりじりと損害を増やしていった。

「こんな精密な地図を作成できるのに、ヤポンスキーたちの作戦は阿呆としか言いようがありませんな！」

と、コンドラチェンコの参謀長――エフゲニイ・ナウメンコ中佐が語りかける。

そう言い終えて、中佐は一枚の地図を示す。旅順要塞の見取図であり、砲台や堡塁の位置が極めて正確に記してあった。

「これは？」

「敵の将校の戦死体から入手した地図で、ポケットに入れ忘れていました」

「そうか……これを頼りに砲撃しているのか。それにしても位置関係が実に正確だ」

「対照的に作戦はお粗末ですが」

「単調だな。こんな広範にわたって総花的に砲兵隊を配置していたら、支援砲撃はいずれもが不十分に終わるだろう」

「ノギ将軍の作戦全体が疑問です」

ナウメンコは敵将について、攻城司令官としての適性に疑問を投げかける。軍司令官の乃木希典大将とその幕僚たちは、一度として旅順要塞を視察していないようだ。噂ではロシア軍の砲弾が飛来しない、遙か後方に第3軍司令部を設けているという。

――こっちの軍司令官や要塞司令官も褒められたもんじゃないが、ヤポンスキーの側も同然か！

双方の軍司令官たちの臆病さを較べて、コンドラチェンコは呟く。あまりに最前線から軍司令部が離れていると、情報の伝達がどうしても遅くなる。それを承知の上で乃木が後方に退っているのかどうなのかと疑問に思った。

「参謀たちの能力も大したことがないんだろう」

「イジチという少将が参謀長です。情報では駐在武官の経験もあり、フランスやドイツへの留学をしてきたという話で」

と、中佐は伊地知少将の経歴について述べる。

「ヤポンスキーの軍人たちは、出身地の閥によって出世が決まる。ノギもイジチもそれに違いないだろう」

「それにしても火力の集中という原則を知らなさすぎます。それをやられたらひとたまりもありませんが……」

「ウグロワーヤ山やヴイソーカヤ山の方面を視察したが、あの方面から第一堡塁までを満遍なく攻めているんだからね」

コンドラチエンコは呆れた口調で言った。ウグロワーヤ山とは大頂子山、ヴイソーカヤ山とは二〇三高地、そして第一堡塁とは白銀山堡塁と、日本側では呼ばれている拠点である。

「ヴイソーカヤ山の防備を閣下はどうお考えですか?」

「手薄なこと極まりない。もしヤポンスキーたちがあそこに主攻撃をかけたら、一日にして陥落してしまうだろう」

「要注意ですね、ヴイソーカヤ山は！」

「そのとおりだ。けれど我が軍の天辺にいる貴族趣味のゲルマン人も、同じように理解しないだろうね」

と、コンドラチェンコは苦笑を浮かべながら言った。

「進言なさったら？」

「そうだよ、するとも。これから直ぐに直ぐに――」

「あっ、突撃です。ヤポンスキーどもが壕から出ました」

ナウメンコが素頓狂な声を出す。二キロメートルくらい離れているが、付近に障害物がないため、その半分くらいの距離にしか思えない。

「二サージェニ足らずの距離だな。味方とあまりに近過ぎて砲撃できない、ここからでは――」

「後方に落として後続を進めなくしています、その砲兵は」

「考えたな。利口な男がいるもんだ。あとで調べて褒めてやろう」

コンドラチェンコは満足の意を表した。いつしか最前線では白兵戦になっていた。普段は長くて扱い難いモシン＝ナガン小銃も、着剣するとその長さが利点となる。日本兵は三〇年式小銃に着剣して、斜面を一気に駆け上がってゆく。

砲撃で痛めつけられていたロシア兵の方が劣勢になった。一部で背を向けて逃げ出し、そこを射殺される者が出てくる。そうした結果が判り切っていて、それでも恐怖心に駆られてしまうのだ。軍刀を揮っていた日本軍の指揮官が、後続部隊を招くものの、砲撃により阻止されていた。

「あの堡塁を奪回せねば！」

と、ナウメンコが興奮して叫ぶ。

双眼鏡を覗いていると、距離感が曖昧になってしまい、つい近くのような気になる。彼もまた三〇〇メートル足らずの出来事のように錯覚していたのであった。

塹壕陣地からロシア軍将兵が一掃される。そこへ近くの拠点から増援部隊が遅れて駆けつけ、またしても日本軍との白兵戦に陥る。

一〇〇名くらいの集団が刺殺格闘を繰りひろげる様子は壮絶だった。小さな集団でいるとたちどころに呑みこまれる。銃剣での戦いは勢いであった。

「フォークが温存している予備兵力を、小出しにしないと最前線が兵力不足になってしまう。この調子だと」

コンドラチェンコは舌打ちする。第4狙撃兵師団長のアレクサンドル・フォークが、全く戦意を見せずにいるのが気に入らないのだ。

「市街にヤポンスキーが突入するのを警戒している、とのことでしたが」

「そのときはもう最期なんだ。外郭部で喰い止めねばすべて手遅れになる」

と、少将は苛立ったように吐き捨てた。

ときおり望台の方へも砲弾が落下してくる。高見の見物を決めこんでいた歩兵たちは、その金切り声に慌てて壕内へと転げこむ。慣れた者たちはそれが途絶えるまで決して慌てないので一目瞭然である。

いつしか白兵戦は日本兵が勝ち、前哨点の一角を完全に確保したかに思える。けれど塹壕を手入れしないうちに、その事態に気づいたロシア軍の砲台が砲撃を加え始めた。大鷲の巣のカノン砲も、見下ろして直射を加えてゆく。その凄まじい砲声が彼らの鼓膜を刺戟し、暫くのあいだ会話する意欲を奪った。

青石根山の攻略

八月二一日の戦闘は、日本軍にとって何ら戦況の進捗を見ない、暗い見通しのものとなった。明るい報告が一つあるうちに、悲劇的なのが五つも六つも入ってくる有様だ。

それらは伝令によって幕僚にもたらされたり、ときに直接、第3軍司令部にもたらされることもあった。だが、軍司令部はロシア軍の長距離砲の射程外に置かれていたため、乃木希典軍司令官が情報を入手するのは、たいてい旧聞に属する頃だった。

緊急を要した判断を軍司令官に求めても、命令が到着するのは機会を逃してからになることが多い。それに乃木の決断は決して早い方でないから、余計そうした傾向に輪をかけた。

軍司令部がやられてはといった配慮が、このような失敗を招いたと言えよう。これもまたのちに児玉源太郎が訪れ、厳しく指摘するまで改められることはなかった。

この日の第1師団の主たる攻撃目標は、中央で大頂子山に連なる青石根山を奪取し、続いて南山披山を突破する、というものである。またその左翼は寺溝北方から水師営南方の堡塁群を突破、と命令されていた。

前回にも増して砲撃が徹底され、ロシア軍の砲台を中心に目標を定め、次いで堡塁にも砲撃を浴びせてゆく。

ロシア軍もまた負けてはいない。砲門を開いて日本軍の砲兵陣地を狙った。明るいうちは歩兵の動きがなく、ただひたすら砲撃戦を続けたのである。

日本軍——第1軍中央隊の動いたのは、二四〇〇時近くになった頃だった。青石根山のなだらかな山麓に向かって、急速に迫っていった。けれど西の空に月が残っており、その動きを察したロシア軍陣地から、直ぐに照明弾が上げられる。次いで機関銃の掃射と小銃の斉射が襲った。

たちまち死傷者続出となるが、指揮する山本少将は強攻を命じる。青石根山は山腹が段状になっており、それを利用して一段ずつ敵陣を攻略、山頂にと迫っていった。山上のロシア軍部隊――ツィンメルマン海軍中佐の率いる海軍陸戦隊の中隊は、これに全火力を集中して撃退を企てる。

このとき日本軍の先頭は至近に迫り、一斉に手榴弾を投擲《とうてき》した。これによってロシア軍陣地は混乱に陥り、陸軍の歩兵以上に勇戦していた陸戦隊も、ついに算を乱して南山披山方面へと後退してゆく。

ここにおいて第1師団の中央隊は、大頂子山から一歩進み、新たな拠点確保に成功したのである。山本少将は直に防禦陣地の整備にとりかからせ、今度は南に対するものにと改造させた。日の出との競争となる。

予想されたとおり〇五〇〇時丁度、ロシア軍砲兵陣地から砲撃を開始してきた。それが終わらないうちに、早くも歩兵一個小隊が姿を見せ、反撃にと入ったものの、兵力不足で簡単に撃退されてしまう。

この日本軍の勝因は、夜陰に紛れて前進したことと、敵から発見された直後に間髪入れず突撃を敢行、しかも接近したときに先手を打って手榴弾攻撃したことが挙げられよう。山本少将の随所での適切な判断が目立った。

第9師団の苦戦

第3軍の三個師団のなかで、最も手強い部分を攻めていたのが、金沢の第9師団に外ならない。八月二〇日の龍眼北方堡塁に対する攻撃は、右翼隊が完全に撃退されて終わっていたのだ。

そこで翌二一日の攻撃については、左翼隊が中心となって実施し、盤龍山の東と西の堡塁、更にはその東のБ《ベィ》(B)堡塁の奪取を狙った。この企図が成功することによって、東鶏冠山全体の敵防禦線に対し揺さぶりをかけようとしたのである。

大内大佐の歩兵第7連隊は、まだ暗い〇三三〇時に進発、第1大隊を東堡塁に、第2大隊をБ堡塁にと向けた。一時間後にロシア軍の第一線と交戦、電流を通した有刺鉄線に行く手を阻まれてしまう。

ロシア軍陣地からは、砲撃だけでなく、機関銃が火を吐き、小銃の斉射が加えられた。なだらかな地形が逆に災いし、身を隠す窪地もなく、大内連隊は死傷者が続出する。大隊長は三名中二名が戦死し、ついには連隊長も戦死してしまった。

左翼隊全体を率いている一戸兵衛少将は、麾下の歩兵第35連隊の二個大隊で、Б堡塁を奪取して更に望台の砲台まで突き進むよう命じた。

ところが明るくなってみると、東堡塁もБ堡塁もロシア軍が確保しており、それらの前面が日本軍将兵の戦死体で埋っているのを知り、流石の一戸少将も仰天してしまう。隣で激しい銃火の応酬と思っていたのは、ロシア軍の一方的な銃撃だったのである。

そこで少将は歩兵第35連隊の二個大隊を、東堡塁に進めることを決意した。自らは第3大隊だけを率いて、やはりロシア軍陣地を目指すつもりだった。

だが、攻撃精神だけでは解決できない問題があった。優位に立っているロシア軍は、機関銃弾を狂ったように撒き散らし、斜面を登る日本軍将兵を斃《たお》してゆく。

昼間突撃は無理と判断した一戸は、いったん進撃を中止させ、夜襲に切り替えるべく、第9師団長大島中将に伝令を出す。ところがそれより遙かに早く、軍司令官乃木希典大将からの、攻撃強化の督促が届いていた。大島は当然、その指示を遵守するよう要求した。

攻撃の状況など全く見えない遠方から、戦況を何一つ把握しておらずに、「更に攻撃を強化」と命じている神経が解せない。もちろん将帥には目の前で部下たちがバタバタ斃れるのを承知で、大局的に見て必要な突撃を無理強いすることはある。しかしながらこの愚将は、幽かに砲声の聞こえるだけの安全な場所から、そうした命令を発したのであった。

盤龍山東堡塁の奪取は、ここにおいて至上命令となる。一個大隊の兵力が八〇〇名のところ、大体が四〇パーセント程度にまで減少していたが、その残存兵力で以ての突撃が開始された。Б堡塁に対しては、後備歩兵第9連隊を増援する、というのが師団長の伝達の結びだった。

軍司令官からの命令は、一五三〇時に再びもたらされ、「これ以上の遅延は許されないので直に突撃を決行せよ」とあった。第9師団が東堡塁とБ堡塁を占領した直後、第1と第11師団に突撃させる、という作戦だったのである。師団長は歩兵第19連隊第3大隊という、師団虎の子の予備兵力を、東堡塁の攻撃に投入することを決めた。

しかしながらこの総攻撃もまた、ロシア軍の銃砲火の前に刃が立たない。有利な位置から俯角で機関銃や小銃を射撃するロシア軍将兵に対して、日本軍の将兵は迎角で射撃する絶対的な不利もあった。かくして第9師団左翼隊の攻撃は、東鶏冠山斜面に戦死体の山を築いて終わる。

この状況は一戸少将から大島師団長に報告され、それを伝えられた乃木大将は攻撃続行が無理なことを知った。退却命令が出されるものの、朝の陽光を浴びて撤退などできるわけがない。そこで進出していた地点に拠り、退却の時期を待つことにした。

四日目を迎えた時点で、幸運がひょっこり第9師団左翼隊を訪れる。それも数人

の大尉たちが話し合っているとき、

「味方が苦しいときは敵も苦しいはず」

と、一人が言い出したのに端を発したのである。

そのなかに工兵大尉がいたことから、爆薬を集めて敵の堡塁に接近、まず一度目の爆破作業を実施した。これはロシア軍陣地の偵察という効果も生み、敵将兵が意外と少ないことを察知したのだ。

ついに二度目の爆破をきっかけに突入に成功、盤龍山東堡塁は日本軍の手に帰す。それを知った周辺の生き残りの将兵が、相次いで集結したことにより、ロシア軍の逆襲によく対抗してゆく。もちろん死傷者は相変らず生じ、消耗戦の状況を呈してきた。

一戸少将は自ら東堡塁まで進出、陣頭指揮して次の攻撃目標——西堡塁の攻略にとりかかる。歩兵第19連隊の第6中隊が増援に到着したので、この中隊が西堡塁へと向かう準備を整えた。

日本軍の砲撃はこれに呼応して西堡塁へ集中、ベトン製の防壁が大きく崩れ始めた。それに耐えられず、ロシア軍将兵の後退してゆく小集団が続出する。その機を捉えて突撃が敢行された。

けれど無傷で残っていたロシア軍陣地は、一歩も退かず頑強に抗戦してくる。望台をはじめとする砲台も、猛烈に東堡塁への砲撃を加えてきた。

第6中隊は三分の二が死傷、たちどころに苦戦に陥ってしまう。しかしながら東堡塁の将兵が支援に参加、薄暮のなかで西堡塁へと殺到した。そして完全に暗くなった頃、ついに西堡塁全体を占領したのである。

かくして盤龍山の東と西の堡塁を確保すると、直ぐに防備工事にとりかかる。これまでは北への備えだったものを、南への備えに切り替える必要があったのだ。ロシア軍は周辺の砲台から砲撃を加え、作業の妨害を試みてきた。

旅順要塞の一角に日本軍が橋頭堡《きょうとうほ》を築いたことで、ロシア軍は撃退のため全力を傾注してくる。日付が改まった二三日〇三〇〇時に、付近からかき集めた一〇〇名足らずの小部隊で、まずは西堡塁の奪回にかかった。けれどこれは兵力が小さいため、さほど問題なく撃退できた。

だが、二時間後――薄明るくなってきたなかのロシア軍の攻勢は、三〇〇名以上の兵力を集中してきたことで、西堡塁の前面に激戦が展開される。ついにその主力が堡塁内部へと突入、迎撃した日本兵とのあいだに刺殺格闘が始まった。

大柄なロシア軍将兵に対し、小柄な日本軍将兵が小集団を形成しては、銃剣を揮って、突きかける。これまでも見られたことだが、投石が有力な戦法となり、そうして傷めつけた敵を刺殺してゆくのだ。

〇五三〇時に周辺がすっかり明るくなると、それ以上の堡塁内への突入を阻止した日本軍は、立て籠っていたロシア軍将兵の掃討にかかった。逃げ場を失った彼らは、絶望的な抵抗を続けた挙句、最後に全員が刺殺されるか殴り殺された。攻撃の段階で苦戦の連続だった日本軍将兵は、徹底的な攻撃を加えたのである。

こうした西堡塁の攻撃に呼応して、ロシア軍は東堡塁でも奪回を企てたが、二時間ほどの戦闘ののちに撃退した。

乃木大将はこの成果に大喜びし、盤龍山方面を今後のすべての攻撃の基盤に、とまで考えた。何しろその南にある望台の砲台を占領すれば、展開が拓けると確信したのだった。

ステッセルの右往左往

軍司令官のアナトリイ・ステッセル中将は、遠くに砲声を聞きながら、それでも最前線を視察しようとはしなかった。その点では双方がよく似ていた。

もしときおり堡塁や砲台を訪れていたら、下級将校や下士官兵卒たちのあいだで、この上なく士気を高めていただろう。それに彼らの尊敬を集めたこともまた、十二分に考えられたのである。

しかしながらそうした態度を一度ですら示したことなく、ただひたすら自分の軍司令部と自分の邸宅を往復するだけだった。高級将校やお気に入りの若手将校たちには、食事どきともなると邸宅へ招き入れ、彼らを歓待したのであった。

彼の夫人――ウエラ・アレクセーエヴナは、慈善運動に熱心な女性であり、不意の来客にも厭な顔一つせず、いつもにこやかに応対した。その評判は日本軍のあいだにも広く知られており、乃木希典大将が降服勧告をしたとき、とくに夫人宛の一通の書状があって、慈善事業にと朝鮮銀行の小切手――額面一万ドルを同封してきたほどだ。ただしこの小切手は突きかえされているが――。

ステッセルの歓待を受けた高級将校たちがそれでは彼を尊敬したかというと、殆どその形跡を見出すことができない。身内だと思って気楽に話すステッセルの話題は、この上なく薄っぺらなものに終始したため、優秀な者たちから莫迦にされてしまっていたのだ。

ロマン・コンドラチェンコ少将などは、接触した最初の段階において、早くも軍司令官の能力の限界を感じてしまった。皇帝《ツァーリ》――ニコライ二世の侍従武官だという経歴に、宮廷軍人の印象を抱いていたが、それが不幸にも適中したところに、旅順の悲劇を予測していたのである。

旅順要塞司令官のスミルノフ中将は、そのステッセルにすら莫迦にされるほどの、愚劣極まりない軍人だった。東狙兵第4師団長のアレクサンドル・フォーク中将も、スミルノフと五十歩百歩の将軍だ。彼らは要塞の堡塁に兵力を派遣しようとせず、激戦のさなかにも手持ちの部隊の温存を計った。

呑気なステッセルのところへ軍司令部の若手将校が、血相を変えて駆けこんでくる。邸宅にいた軍司令官であるが、その幕僚たちが若手将校を迎えた。

「どうしたのかね、中尉」

と、ステッセルは落着いた態度で伝令役を迎える。

「閣下――」

「何か?」

「キタイスカーヤ旧式多面堡に続いて、ザレドゥートナヤ砲台もまたヤポンスキーに奪取されました」

中尉は暗い表情で告げた。キタイスカーヤ旧式多面堡とは、盤龍山東堡塁のことであり、ザレドゥートナヤ砲台とは、同じく西堡塁を意味する。

「うむ……」

ステッセルは手にしていたウォトカのグラスを床に落した。ガラスの破片と液体が周辺に飛散し、彼の将官用ズボンが濡れる。

「直ぐに反撃を、閣下」

周辺にいる幕僚たちが二人ほど、そう軍司令官に進言した。他の者たちは無言で彼の表情を読みとろうと懸命になる。

「コンドラチェンコは何処だ？」

「司令官は大鷲の巣砲台方面において、このところずっと督戦しておられますが」

と、参謀長のヴィクトル・レイス大佐が即座に応えた。

その事実はステッセルも知っているわけだが、アルコールが入っていた上に、強烈な衝撃を受けて失念したらしかった。

「そうだったな」

「呼び戻しますか、少将を――」

「ああ、頼む。それとフォークを」

「スミルノフ閣下は？」

「あいつは要らん」

ステッセルはその姓を聞いて、如実に不機嫌そうな顔を見せた。まさに無用の長物のような存在になり下がっていたのだ。

「反撃命令をお出しになりますか、現地の部隊に？」

「そうだ、私の命令を出してくれ。総力を挙げて断固奪回せよと！」

「コンドラチェンコ閣下に対して、でしょうか？」

「彼を通じて命令させろ」

と、ステッセルは矛盾が生じたので整理しようとした。

「手持ちの兵力はもうないはずですが、軍司令官閣下」

その場にいたウェルシーニン砲兵中佐――旅順市長が言葉を挟む。ステッセルのご機嫌とりの幕僚たちでは、そうした指摘ができなかったからだ。

「師団の予備があるだろう、ヴィクトル・アレクサンドルヴィチ？」

「いいえ、すべて投入し終えているはずですが」

レイスが首を横に振りながら返答した。旅順要塞の状況が全く頭に入っていないため、大佐は呆れている。

「海軍の……陸戦隊《マイスカーヤ・ペホータ》は？」

「もうすべて守備に就いています。フォーク閣下の麾下の部隊しかありません」

「フォークの部隊は、要塞が突破されたときに旅順市街を護る、唯一の戦力なんだぞ」

「要塞の防衛線を突破されたら、もはや兵力を温存していても意味ないはずです」

と、レイスは珍しくはっきりと自分の意見を述べた。

幕僚たちは二人の遣り取りを、押し黙ったままで聞いている。下手にどちらかに賛成すると、後刻面倒になるからであった。

そこへフォーク中将が彼の参謀である、ドミトリエフスキー大佐と一緒に、戦争には無関係のような表情で姿を見せた。

「アレクサンドル・ヴィクトロウィチ、いいところに来てくれた。キタイスカーヤ旧式多面堡とザレドゥートナヤ砲台が失陥させられたので、予備隊を派遣したいと思うが……」

ステッセルは歯切れが悪い口調で、同じ階級だが組織上は部下に当たる男に話しかける。実際の年齢はフォークの方が六歳も上で、六二歳を迎えていたのである。

「前にも申したとおり、私の部隊は旅順の最後の頼りですぞ」

「それは百も承知している」

「兵力の逐次投入はいけません。ならば第4師団すべてを進撃させます」

「一個大隊の単位で、綻びを補強していった方が効果的だ」

「ならば応じられません。最初からのお約束のとおり、私の部隊は市街地を守備しますので――」

と、フォークは一歩も退かなかった。

最前線から戻ったロマン・コンドラチェンコ少将が、そのとき土埃だらけのまま入ってくる。両眼だけが異様な輝きを見せており、戦場の雰囲気をそっくり伝えていた。

「ロマン・イシドーロウィチ、ヤポンスキーの撃退に成功したのかね?」

ウォトカのグラスを手にし、ステッセルが問いかける。かなりご機嫌だ。微笑さえ浮かべていた。

「いや、二つの堡塁は奪取されたままでして。今朝以来」

「では、きみは何故？」

「軍司令官命令ということで、駆けつけた次第で――」

「明朝までに奪回する可能性は？」

「一〇〇パーセント」

コンドラチェンコは試みにそこで言葉をいったん切ってみる。周辺にいた者たちの表情が輝く。

「そうか、奪還してくれるか！」

と、ステッセルは乾杯を言い出しかねない調子で言った。

「いえ、無理でしょう」

「きみともあろうものがどうした、ロマン・イシドーロウィチ」

「物理的に無理なのです。私の手許の兵力では……」

「私に兵力を割けと言うのかね、コンドラチェンコ少将」

他人行儀な口調で、フォークは皮肉たっぷりに言った。どうやら先手をとったつもりらしかった。彼は決してコンドラチェンコを、「ロマン・イシドーロウィチ」とは呼ばなかったのである。

「旅順を一日も長く戦い続けさせるなら、要塞内部で震えておらず、兵力を要塞の最前線で活用すべきでしょう」

「総予備を使い切る作戦など、私の四〇年からの軍歴でお目にかかったことがない」

「総予備など三〇〇〇か四〇〇〇、要塞の戦いでは残しておけばよい。現実に今、戦うことが要求されるのです」

と、コンドラチェンコは両手で仕種を交えて主張した。

「やはりだ」ステッセルが言い出す。「予備を宝の持ち腐れにしてはならん」

「では、一体全体、何処に投入せよとおっしゃるんですかね？」

フォークが気色ばんで逆に問いかけた。言葉尻を捉えて、相手の計画の欠点を問題にしよう、との魂胆が認められた。

「半分は大鷲の巣方面に。残る半分はヴイソーカヤ山方面にです、閣下」

そうコンドラチェンコは説明する。この臆病なのか利敵行為をしているのか、判然としない相手に言い放った。

「分散させてしまうのかね？」

「予備兵力ですから、更に細かく分散されても致し方ありますまい」

「その編成……いや、何でもない。思い違いをしておったらしい」

と、少し言いかけてフォークは途中で止めた。

まともに応じるふりをして、編成に時間をかけてやろうといった、彼一流の計算が働いたからである。そうしたやり方で四〇年の軍歴を生きてきたのだった。

――フォークがこの場にいなければ、利敵行為を追及してやるんだが！

そうコンドラチェンコは呟く。予備隊の投入については、これまで何度も重ねて要請してきた。しかしながら当初はステッセルが、そして今回は明らかにフォークが、拒絶して実現しなかったのだ。

一瞬、その場が静まりかえる。それを狙ったかのごとく遙か彼方から砲声が聞こえてきた。また何処かで日本軍が攻勢をかけ、これを阻止すべくロシア軍が砲撃を加えたらしかった。

再び進捗せず

第3軍司令官の乃木希典大将は、依然として最前線から遙か後方に軍司令部を置き、そこから指揮を続けていた。相変らず届けられる情報は遅く、発せられる命令は時機を失したものが多く見られた。

第9師団の攻撃に遅れて開始した、軍左翼の第11師団による東鶏冠山の攻撃は、目的を達成できずに元の位置へ追い戻される始末であった。

師団長の土屋中将は、あまりに多数の損害に、攻撃再開が不可能と考えて、現状を余すところなく軍司令部にと報告する。将兵の疲労はその極に達しており、もはや師団としての戦闘力を喪失していたからだ。

にもかかわらず軍司令官の命令は、「全滅を賭して師団の独力を以て突撃せよ」という、信じられないものである。そのため攻撃を再開するが、限界を超えた第一線部隊の戦闘力は、堅固な東鶏冠山方面のロシア軍の防禦陣地を抜けず、またしても撃退された。

そうした自軍の状況を、第11師団の本隊は望台砲台の占領によって、局面を打開しようとしていた。もしこの企図が成功すると、第9師団の盤龍山東および西堡塁の確保を、より容易にできると考えられた。そこで第9師団もその砲兵隊により、支援砲撃を加えることとなるのだ。

第11師団の本隊は盤龍山東堡塁を基点とし、一気に望台砲台を攻略するとの作戦計画であった。八月二三日二二〇〇時に進撃が開始され、先頭は一時間後の二三〇〇時に攻撃路を確保する。

ところが悪条件が横たわっていた。中央には満月に近い十三夜の月が輝き、望台下の斜面を煌々と照らしていたのである。だから日本軍の行動はたちまちのうちに、ロシア軍の守備隊に知られるところとなった。

ロシア軍はただでも明るいのに、そこへ照明弾を何発も上げ、その範囲に望台はもちろんのこと、老頭山、東鶏冠山、盤龍山などの砲台から、徹底的に砲撃を加えてくる。近隣の堡塁よりの機関銃の掃射も、絶大な威力を発揮し始めた。

それをかい潜りながら、歩兵第44連隊の三個大隊が進み、更には歩兵第22連隊の第3大隊も参加した。三時間にわたる戦闘のあいだ、それらの大隊は再三再四にわたり、望台砲台をひたすら目指して突撃を企てる。

日露関係を描いた漫画（イギリス）
5枚シリーズのNo.1

ロシア軍の砲火と機関銃の掃射は、殆ど無尽蔵のごとく砲弾と機関銃弾を撒き散らし、突撃部隊からの死傷者が続出していった。指揮官たちも例に洩れず、このため大隊を中隊長クラス以下の指揮官が率いる、という事態も珍しくなくなってゆく。

これまでの攻撃の失敗が、またしてもここにおいて再現された。斜面を登る歩兵の突撃に限界のあることを、はっきりと思い知らされたが、それでもまだ作戦は継続していた。

やがて夜が明け始めると、盤龍山東堡塁の第9師団砲兵は、望台砲台に対して掩護砲撃を開始し、一時はロシア軍守備隊を制圧するかに見えた。しかしながらその陣地を発見されたことにより、周辺のロシア軍砲台が砲火を集中し、ついに沈黙させられる事態を招いたのである。

それが望台砲台への突撃隊の運命を決めた。ロシア軍の歩兵が壕から出て射撃ができるようになり、日本軍の歩兵を狙い射ちにしていったのだ。最後には歩兵の存在が勝負を決めた。

いくら精神力の優れる戦闘集団であろうが、圧倒的な物理的な不利を克服できた例は皆無に近い。それがこの望台砲台を巡る戦いにおいても、また実証されたのだ。

第9師団の歩兵第7連隊と後備歩兵第9連隊も、相前後して盤龍山東堡塁そして西堡塁を進発する。けれどこれらもまた、一時的に盤龍山砲台の一部などを占領しながら、最後には撃退されてしまった。

日本軍の砲兵はこの時点で、砲弾の欠乏に悩まされるようになる。残りを勘定しながら砲撃を続けるという、実に心細い状態に陥ったのである。ここにおいて圧倒的な火力を誇るロシア軍と、決定的な差が生じてきたのだった。

要塞を攻略する場合、攻める側は三倍の労苦を伴うのが、古来から——一九世紀まで——の常識である。けれど火砲の発達した二〇世紀初頭の戦闘にも、旅順においてはこれがあてはまった。

乃木大将はこのとき、大孤山の遙か北北東に当たる、団山子東方で早朝から戦況を視察していた。明後日《あさって》の方角の軍司令部で閉じ籠り、幕僚からの報告に一喜一憂している大将としては、極めて珍しいことであった。

日露関係を描いた漫画
5枚シリーズのNo.5

恐らく小棗山だと考えられるが、それでも東鶏冠山のロシア軍陣地から、北東に四キロメートルくらい隔てている。たしかに砲弾の到達範囲ではあるものの、その情報が洩れていない限り、ロシア軍が砲撃を浴びせてくるわけがない。すなわち安全地帯での観戦なのである。

　そこから東鶏冠山から盤龍山にかけて、そしてその後方の望台までが、双眼鏡ではっきりと捉えられた。砲弾の弾着による土埃が激しく巻き上がっていたが、それは山上でなく専ら裾野に集中している。圧倒的にロシア軍の砲撃であるのが一目瞭然だった。

「何故、反撃せんのか？」

　と、軍司令官は傍の伊地知幸介参謀長に問いかける。

「砲弾が……豊島《てしま》からの連絡では、今までどおりに砲撃を続けた場合、あと一日だそうですが」

　そう伊地知は返答する。「豊島」とは、攻城砲兵司令官の豊島少将のことである。その報告がもたらされていたのだ。

「砲撃が十分にできんのか？」

「既に榴弾を五万発以上、そして榴散弾を六万発以上、消耗しておりまして」

「うむ……」

　途端に乃木大将の言葉が途絶えた。八月一九日からの総攻撃によって、死傷者も一万五〇〇〇を超えようとしている。第3軍の総兵力は五万ほどだから、死傷率は実に三〇パーセントに達したのであった。

「全滅覚悟の突撃を敢行するか、それとも攻撃中止しかありません、この状況では――」

と、参謀長は表情を硬くしてそのように進言する。

「無理か……」

「攻略は不可能でしょう、現状から判断しますと」

「少し考えさせてくれ……」

そう応えると、乃木大将はまた双眼鏡を手に、望台砲台を眺め始めた。それは小棗山から見渡すと、頂上は平坦だがほぼ円錐形をして立ち塞がるように聳えている。

南西に位置している望台は、午後の陽光を受けて全体が朧気に見えた。それは彼にとって、とてつもなく隔たりのある、彼方のものに思われた。

第5章

第二回旅順攻撃

信用失墜

「敵一万五〇〇〇を死傷させ、味方の損害は三〇〇〇か。収支決算としては悪くない。一対五だからな！」

と、軍司令官のアナトリイ・ステッセル中将が頷く。

参謀長のヴィクトル・レイス大佐が、各堡塁から集めた、過去六日間の戦果と損害の報告を、たった今しがた集計を終えたところであった。激戦が終了すると、双方が休戦に入って戦死体と負傷者を収容したので、かなり正確に日本軍に与えた損害を把握できていた。

「敵は砲弾の補給に苦慮している模様です。その証拠にはザリーテルナヤ砲台方面の敵砲火が激減しております」

レイスはそう告げて胸を張る。あたかも彼自身の功績であるかのようだ。いつもなら従っている幕僚たちを振りかえり、誰もいないのを思い出し苦笑する。

「もう二回も攻撃したら、ノギの兵力は限りなくゼロに近づくわけか……」

そうステッセルは計算してみた。日本軍の損害が五万近くで、ロシア軍が一万足らずだから、机上では十二分に採算がとれるからであった。

そこへロマン・コンドラチェンコ少将が訪れる。八月一一日（西暦では二四日）の夕刻から、殆ど砲声を聞くこともない。

「中将閣下、ヤポンスキーの突撃は午後になって全く見られません」

と、コンドラチェンコは余裕を見せた。

「キタイスカーヤ旧式多面堡やザレドゥートナヤ砲台はどうなっているのか？」

「依然としてヤポンスキーが保持しておりますが」

「奪回できぬか？」

「それに費やす労力と損害を考えると、あまり意味がありません。キタイスカーヤは、ご承知のようにゲルマンスカーヤ（ドイツ）の建設した、旧式堡塁ですからね」

「だが、我が軍の面子《プレスティーズ》がある。そうじゃないかね、ロマン・イシドーロウィチ？」

「面子？」

「そうだ、少将。我が軍の長い伝統と歴史のなかで、我らの世代に栄光を傷つけるわけにはいかんぞ」

「戦略的に無意味です」

コンドラチェンコは抵抗を見せた。前哨点に固執して、限りある兵力や弾薬を消耗したくなかったからである。

「戦術的に意味を見出せるぞ」

「では、兵力の増強をお願いします。それに弾薬も――」

「どの程度かね……」

と、ステッセルは藪蛇になってしまい少し逃げ腰となる。

「第4師団の兵力の半分をあの方面に」

「まだフォークは兵力を派遣していないのかね、前線に？」

話が違うので、ステッセルは思わず問いかけ、傍にいる参謀長のレイスを視た。

大佐は苦い表情を見せる。

「従軍牧師の都合が悪く、本日は祝福が受けられなくなったそうでして」

「何で坊主に予定を変えさせないのか、あの臆病者めが！」

戦闘が激化して以来、一度も最前線を視察していない軍司令官のその言葉に、周辺の空気が白ける。ステッセル自身は砲弾が市内に落下したとき、慌てふためくロシア正教の牧師を目の当たりにしてから、聖職者を全く信じなくなっていた。

「ヤポンスキーの攻撃が再開されるまでに、堡塁を視察していただけませんか。とりわけ補修が速やかに必要とされる」

と、コンドラチェンコは話題を変えさせるように言葉を挟む。

「何処を？」

「もちろんザリーテルナヤ砲台から第二堡塁方面。それにヴイソーカヤ山の防備についても、要望があるのでその方面も――」

2つの頂上を有する二〇三高地。これらが相互支援するため、片隅にたどり着いても、確保することがきわめて困難だった

「大鷲の巣から眺められるな、第二堡塁までは？」

ステッセルがそう確認した。できれば最前線にあまり近づきたくないからである。戦いを無事に終え侍従武官長として、またサンクト＝ペテルブルクに戻りたいためだった。これは妻のウエラ・アレクセーエヴナから、きつく言われていることだ。第二堡塁とは、日本側から二龍山堡塁と呼ばれている拠点であった。

「見えないことはありませんが」

「では、そこから視察すればいい」軍司令官はそのように言う。「だが、ヴイソーカヤ山はどうして視察を要するのか？」

「たった二〇三メートルの高地ですが、旅順口を見渡せます」

「守備兵がいるであろう、現在もうあの地

点には？」

「手薄なので申し上げています。敵がもし気づいて主攻撃をかけてきたら、そして我が軍の準備が不十分であったなら、我らは奈落の底にと突《つ》き落されるでしょう」

「さし迫った問題ではない、と思慮されるがね」

と、ステッセルはことの重大性に気づかずに返答した。

「敵の兵力があの方面に集中されたら、防備の工事は間に合いません」

そうコンドラチェンコは主張し続ける。軍司令官の彼に対する評価は、工兵として優れた能力の持主であるが、その考えはときに夢想的となり、現実と遊離する傾向にあり、というものだった。

「ヤポンスキーがそれに気づくわけがない。ノギとかイジチなどは、旅順より大連に近いところに、軍司令部を設営しているそうじゃないか」

「しかしながら閣下」コンドラチェンコは一歩も退かなかった。「もし慧眼の持主があの地形を見たら気づきますぞ」

「そうはいかんだろう。そのうち暇ができたら、きみに案内してもらうが……」

　ステッセルは笑いながら応える。これといった用件などなく、軍司令部と邸宅を往復する毎日だから、暇などいくらでもあった。あとはただ彼のやる気次第なのだが、最前線へはどうも足が向かない。

そんな軍司令官の態度に、コンドラチェンコはいったん説得を断念した。要塞司令官の肩書を持つスミルノフも、第4師団長のアレクサンドル・フォークも、誰一人として頼りにならないのである。駄目な三人の中将たちのなかで、まあ話になるステッセルがこの始末で、少将はいつもながら落胆を覚えた。

攻撃準備

第一回攻撃に大損害を被った日本軍――第3軍司令部は、広島の大本営と海軍――連合艦隊の強い要請により、旅順要塞に対する次の攻撃を準備していた。

それにしても八月二四日の時点で、攻城砲兵の残りの砲弾がたった一日分という、心細い状況の改善が急務となる。弾薬類の補給は一朝一夕にはゆかない。とりわけ砲弾ともなるとその傾向が強かった。

だから輸送を急がせることとなるが、大本営もまた、当初の予測を遙かに上回る砲弾の消耗に、大きな目算違いを起こしていた。このため国際市場から買い付けという、緊急手段が講じられることとなる。

乃木軍司令官は八月末になって、各師団の攻撃目標を次のとおりに決定していた。

第1師団は、二〇三高地付近の堡塁群と水師営方面の堡塁群の攻撃――。

第9師団は、盤龍山東堡塁および西堡塁の守備。それに龍眼山北方堡塁と盤龍山北堡塁の攻撃――。

第11師団は、東鶏冠山北堡塁と東鶏冠山砲台の攻撃――。

ここにおいて攻略すべき目標が、かなり絞られてきている。また前回の失敗の教訓から、敵陣地への接近の段階での砲撃や機関銃掃射による損害を防ぐため、進撃路の開設が急がれた。

何しろ最初のうちは白昼、敵陣へ露出したままで突進、砲火を集中された上での掃射により、攻撃する以前に三分の一からときに三分の二近い死傷者を生じ、敵堡塁を占領しても兵力不足に陥る、といった事態を招いている。それを繰りかえさないための対策が講じられたのだ。

進撃路の構築には、工兵の指導の下に歩兵も従事した。歩兵たちにとっては、攻撃に際しての自分たちの安全を確保するものだから、自ら熱の入れようが違った。

弾薬の補給を待つあいだ、進撃路の構築が進むという恰好になる。そうした作業は当然、標高差のあるロシア軍陣地からは察知できていた。このため作業の妨害にと砲撃を加えてきたり、夜間に小部隊を出撃させたりしたものの、たいていは発見されて反撃を受け、撃退されていたのである。

ロシア軍の第一線将兵たちは、旅順要塞から外に出ての反撃を、驚くべきことに許されていなかった。出撃という範疇に入る大規模な反撃行動に入ると、軍法会議にかけられる可能性が生じてきたのだ。このため好んで日本軍の作業を攻撃しよう、などという将兵は誰も出てくるわけがない。

日本軍の側の工事は進むものの、ロシア軍堡塁の最後の三〇〇メートルほどが、どうしても手つかずで残る。余程の支援砲撃がない限りは、そこでまた死傷者の山を築く、という危険性は残っていた。

しかしながら敵陣寸前まで掘られた進撃路は、突撃して敵前の一部を占領した場合に、弾薬、糧食、飲料水などの補給が便利になった。露出した地域を横切っていたのでは、補給も思うに任せないからである。

敵地深くに進出したとき、激戦を経てきた部隊は、真っ先に弾薬不足にと直面した。次いで夏だから飲料水であり、更には夜を徹して待機する条件下での糧食となってくる。

戦闘中の将兵は、激しいストレスも加わり、栄養の補給が重要な問題であった。このため罐詰などの副食品を携行させ、糖分補給にはコンデンスミルクの罐詰を用いた。けれど頼りはやはり握り飯であり、いくら塩味を強くしたとしても、真夏だから二食分くらいの携行が限界だっただろう。そこで補給がクローズアップされてくるのだ。

かくして進撃路は、攻撃目標の遙か手前から、地形を利用しながら続き、ロシア軍堡塁の手前まで到達した。このとき暑さはかなり緩和されていた。あとは敵陣までの突撃路をいかに切り拓くかである。それが第二回攻撃の成否の鍵を握っていた。

死臭

最前線から運ばれたり、病院で死亡した者たちの死臭が、旅順の市街地全体に漂っていた。九月に入っても暑い日が続いたため、死体の腐敗が実に早かった。死体の発する臭気というものは、いったん少しのあいだでも置いておくと持ち去ったにもかかわらず後刻までずっと残る。夕刻になって凪に入るともうたまらなかった。

戦場にいてその臭気を熟知している人間でも、また改まって嗅ぐと直ぐに気持が悪くなってしまう。ましてや慣れない民間人——とりわけ婦人たちは強い衝撃を受けた。

市街地には働き手として、中国人がロシア人の民間人の数倍いた。彼らは不思議なことに平然と日常の業務をこなしている。その理由が何かはロシア人には判らなかった。

ロマン・コンドラチェンコ少将は、市街地を訪れている。海軍の提督たちと交渉し、航行不能となったり、戦力として期待できない老朽艦から、砲を陸上用に転じさせるのが主たる目的であった。小口径砲とその弾薬ではあるが、一〇〇〇メートル以内なら抜群の威力を示すのだ。

ただし戦艦などについては、提督や高級将校が皆、強烈に反対した。理由は海軍の軍人としてのプライドだという。

――そんなものは大鷲の巣やヴイソーカヤ山がヤポンスキーのものになったら、すべて旅順港内で野垂れ死にするだけなのに！

そうコンドラチェンコは、喉まで出かけたが、辛うじて我慢した。そして小口径砲に対する海軍側の決断についての謝辞を述べる。

この日の朝から、再び日本軍のモーニングコールが始まっていた。ただし最初だけに少し遅く、〇八〇〇時をかなり過ぎてからであった。

流石の少将も最前線で焼ける人体の臭気を嗅いで以来、焼いた肉が食べられなくなっている。もっとも旅順で出てくる肉は、攻囲戦が開始されてから直ぐに、馬肉だけに限定されていた。牛肉や豚肉、あるいは羊肉が手に入らなくなって、軍馬の一部を食肉に転用していたからである。

彼の参謀長――エフゲニイ・ナウメンコ中佐もまた同じだった。二人はアナトリイ・ステッセル軍司令官のところへは足を向けず、中国人の経営する食堂に向かい、そこで熱いシナソバを注文した。

三日後――。

夜陰に乗じて一艘のジャンクが、幸運にも旅順に入港してきた。芝罘《チーフー》を出港して、遼東半島近くからロシア海軍の駆逐艦に先導され、無事に到着したのだ。

乗組員はすべて中国人で、ロシア人はたった一人――コサック騎兵の少尉が、そのアジア的な容貌を買われて、伝令として乗り組んでいたのだった。

決死の伝令を仕立ててまで伝達したかった内容は、皇帝ニコライ二世からの特別命令であった。旅順要塞の全将兵に対して、五月一日に遡っての計算基準で、一か月勤務を一年分とし、恩給などすべてに適用する、という最恵待遇である。その噂は数時間のうちに、ロシア軍の対象者全員――すなわち全将兵のあいだに拡がっていた。

続いてステッセルに対して、皇太子アレクセイの誕生を記念して、皇帝の侍従武官長への昇格人事が告げられる。その計らいに軍司令官は感激して身震いした。人生の目標が達成された、と思った。

「金州での戦闘に関する勲功に対し、ゲオルギイ三等勲章を――」

と、伝令の少尉は書面を読み上げる。

その文面に対して、付近にいた者たちは白けた表情を見せた。何しろ金州での戦闘については、ロシア軍は中途から脱出してしまい、大砲七〇門を喪失していたからだった。

呆れたことに臆病なことで知れ渡ったフォーク中将に対し、ダイヤモンド入り黄金拵えの軍刀を授けるとの話に、今度は多くから失笑が洩れた。

最後に人格者として知られる、ミトロファン・ナデイン将軍に対し、ゲオルギイ四等勲章の授与が発表された。これについては本人が一歩進み出て、

「私は何もそんな殊勲を立ててはいませんぞ。これは間違いだ！」

と、大きな声で幕僚やステッセル夫人たちに告げた。

この行動に慌てたのはステッセルと夫人である。彼らにとってみればナデインが皇帝に異論を唱えたら、今回の昇進や叙勲がすべて帳消しになる、といった危険性があったためだ。

「私にはそんな理由などない。皇帝陛下にお断わり申し上げねば――」

実直なこの第一線部隊の司令官は、他に授けられるにふさわしい者がいるはず、とあくまで辞退の意向を変えなかった。

「私の夫の昇進と叙勲も間違いだった、とおっしゃるんでしょうか？」

夫人――ウエラ・アレクセーエヴナが喰ってかかる。彼女の人生の目的は、夫の

宮廷入りだったから必死であった。

それからステッセルが説得にかかるが、ナデインは間違いであるとの主張を変えないため、ついに二人は衝突してしまう。

その騒ぎをコンドラチェンコは苦笑して眺めていた。彼の知る範囲においてもそうしたおかしな人事や叙勲は、日常茶飯事だったからであった。

「それにしても傑作ですね。フォーク将軍が金州戦の功績で、ダイヤモンド入りの黄金拵えの軍刀ですと！」

と、彼の参謀長——ナウメンコ中佐が大笑いする。

「いいじゃないか」

「真っ先に逃げてそれはない」

「たまにはいいじゃないか。アレクサンドル・ヴィクトロウィチがこれに発奮して、第一線で頑張ってくれるなら……」

「まずありえないでしょうが——」

「私もそう思うよ」

二人は肩を並べてステッセルの軍司令部を出た。旅順市街からようやく死臭が消えようとしている。

まだ日本軍の第二回総攻撃が始まっておらず、ときおり聞こえる遠雷のような轟きは、進撃路を掘っている作業への妨害だと思われた。どうやらヴイソーカヤ山方面だと、彼らは見当をつけた。

攻撃開始

乃木希典大将はずっと柳樹房の軍司令部にいた。次こそどうしても大きな戦果を、と彼はそれだけを願っている。

彼の第3軍以外はそれぞれ、順調に会戦での勝利を積み重ねており、なかでも黒木為楨大将の第1軍などは、緒戦から連戦連勝で進撃を続けていたのである。

――遼陽会戦も黒木が太子河で全軍を勝利に導いたのか！

最新の戦況を知って、乃木はまた焦りを覚えた。九月一日から三日にかけて、遼陽の右翼太子河方面において敵の虚を衝き渡河、ついにはクロパトキンの退却を誘ったのだ。

それに較べて乃木は第一回の総攻撃に失敗し、もし次に失敗したら軍司令官更迭の噂さえ出ていた。砲撃し、突撃を繰りかえす以外、これといって戦法が思い浮かばないから、砲弾が尽きればそれまでであった。

――何とかせねば！

精神論者の弱点は、物理的な劣勢に立ったとき、これといって頭の働かないところだろう。日露戦争における典型が、乃木大将だったのは間違いない。

旅順要塞の敵の最前線から八キロメートル以上離れた軍司令部で、彼は伊地知参謀長としか話さない時間が多かった。たしかに兵卒と同じ食事を摂り、質素な中国家屋の一室に起居する生活は、人を感銘させる点がある。けれど軍司令官として多くの部下の将兵の生命を預かる人物ではなかった。

九月一七日になって、その静かな柳樹房の軍司令部で、乃木は総攻撃の命令を麾下の部隊に発した。

九月一九日に総攻撃を開始、第1師団は二〇三高地と水師営堡塁に対して攻撃にかかる。第9師団は龍眼北方堡塁に対して攻撃する。第11師団は前面のロシア軍を牽制する。野戦砲兵第2旅団は主として水師営方面および龍眼北方堡塁への攻撃を支援する。攻城砲兵の主力は第1および第9師団の攻撃を支援、一部は他の方面に脅威を与える。総予備隊は現在の地点で前進を準備する。

これがその概要であった。砲撃そして歩兵の前進と突撃という、全く前回と代わり映えのしない作戦であるのが判る。前にも述べたが学習能力の欠陥なのと同時に、軍司令官にも参謀長にも、そして幕僚たちのなかにも、一人として独創的な戦術を披露できなかったことを示していた。

野戦砲兵第2旅団と攻城砲兵の主力を、二〇三高地方面に集中し、重点的にその周辺一帯を砲撃していたら、この時点では比較的容易に占領できたはずである。火力の集中投入という戦術展開によって、突破口を拓くべきだったのだ。

軍司令官の指示どおり、各部隊は所定の位置に就き、最終的に出発地点の陣地を整備、一九日の攻撃開始に備えた。そして作戦計画どおりこの日の〇八四〇時に、日本軍の砲撃が始まった。

砲撃は六時間以上にわたり、攻撃目標に対し徹底して実施される。動きようのない要塞や陣地が目標だから、砲弾は面白いように弾着を生じてゆく。ロシア軍将兵が無事でいるのがおかしいと思えるほどに、激しく土砂が空中に巻き上げられていった。

待機している第1師団の攻撃陣容は、前回どおりである。すなわち右翼隊は友安少将が率い、二〇三高地を直接に攻撃する、という作戦計画だった。中央隊は山本少将が率い、南山披山を攻撃、左翼隊は水師営堡塁への攻撃となっていた。

一五〇〇時に二〇三高地を攻める右翼隊が進発する。この攻撃には後備歩兵第16連隊の第2大隊が実施したものの、夕闇の迫る一九〇〇時にロシア軍陣地へ迫ったところ、たちまち砲撃と機関銃の掃射により、前進は完全に阻止された。歩兵第15連隊の第1および第3大隊は、じりじりと敵陣に接近していったが、これまたロシア軍の銃砲撃により、完全に停止させられてしまう。

中央隊は南山披山を狙って、歩兵第1連隊が進撃路を前進、一七三〇時にまず二個中隊が突撃を開始した。やがてその山腹のロシア軍陣地を奪取、これを頂上攻撃の拠点とすべく確保に努力する。山頂からの反撃でそれ以上の地歩は望めなかったが、ともかく膠着状態にと持ちこんだのである。

左翼隊は水師営第一堡塁にと進み、この占領を狙っていた。一六〇〇時に工兵一個中隊が、歩兵第3連隊の一個大隊——第1大隊の支援で、第一堡塁目がけ躍進、砲撃もその一点に集中してゆく。

ロシア軍側は、機関銃の掃射と小銃の各個射撃により、激しく抗戦した。日本軍側も機関銃で応戦、双方の距離が接近していった。多数の損害を被りながらも、ついに第1大隊は第一堡塁の外側に到達したものの、ここで水濠に前進を妨げられる。

幅五メートルで背丈の立たない水濠は、それ以上の日本軍の進撃を阻止した。夜になったものの、満月を過ぎたばかりの月明りのため、動けば黒いシルエットとなり、ロシア軍側の絶好の標的となった。

中村少将は冷静に状況を判断して、これ以上の強行が無理と考え、全兵力の出撃拠点への後退を指示する。照明弾が常時、頭上にあるような条件下では、その決断は正しいと言えた。

九月二〇日に入って、二〇三高地への突撃隊は、ロシア軍陣地まで三〇〇メートルの距離に迫り、突撃の機会を待っていた。後備第16連隊の三個中隊が右翼、二個中隊が中央、歩兵第15連隊の二個中隊が左翼という陣容で、〇五〇〇時に前進を始める。

一連の戦闘はすべて、全く同じようなパターンで展開された。砲火が頭上に降り注ぎ、横や正面からは機関銃の掃射、そして歩兵の銃撃という状況が、これでもかとばかり繰りかえされてゆく。

有刺鉄線の砲撃で破壊された部分や、工兵が新たに爆破した突破口をかい潜り、ついに一部が敵の塹壕へたどりつく。後続がそれに力を得て殺到し、ある程度の纏まった兵力になる。工兵が先頭で敵の機関銃座に爆薬を放りこみ、あるいは手榴弾でロシア兵を吹き飛ばしていった。爆発の衝撃で呆然としている敵兵を、壕内に突入して白兵戦に持ちこみ、次から次へと斃《たお》して確保に成功する。

水師営を攻める第1師団左翼隊は、水師営第四堡塁への味方の砲撃に勇気百倍し、また龍眼北方堡塁の奪取にも元気づけられ、機を捉えて一気に突撃を敢行した。兵力を大きく損耗していたロシア軍部隊は、たちどころに浮足立ってしまい、抗戦もそこそこに拠点を放棄、後方へと敗走していった。

水師営第一堡塁もまた、三方面から攻め寄せてゆく。工兵隊があたかも擲弾兵のように、ロシア軍拠点を手榴弾で攻撃、一つまた一つと潰して進む。別の工兵隊は梯子を壕の上にさし渡し、より前方への進出を容易にして、次々に兵力を送りこんだ。

第一堡塁には、ロシア軍一個中隊――二〇〇名足らずが守備していたが、次第に猛攻の前に押され気味となって、攻撃開始から二時間半にて後退した。

間髪入れずに第二と第三堡塁へ、攻撃目標が転じられる。高級指揮官が最前線近くに待機していると、こうした状況の変化にすかさず適応できる。この目標変更がその典型であった。

第一堡塁の陥落後、一時間余りで第三堡塁から、ロシア軍将兵を追い落す。次いで第二堡塁も日本軍の占領するところとなった。

こうした第1師団左右両翼の進捗に対して、中央隊は二〇日も苦戦の連続となった。ロシア軍陣地への猛烈な砲撃も、思ったより効果を生じなかったのである。掩《えん》蔽《ぺい》が完璧であることで、ロシア軍将兵もじっくり応戦し、それに砲兵陣地からの砲撃が威力を発揮した。

日本軍将兵が突撃すると、そこへ機関銃と小銃が火を吐くのは、ここもまた同じであった。伏せていても頭を上げたら、たちまち銃弾が唸りを生じてくる。まともな突撃をしたら最後、確実に三分の一くらいが死傷するのだ。

このため攻撃隊の指揮官は、突撃路を急ぎ掘らせることとし、それの完成を待って総攻撃に入ることとした。これを支援するため、第1師団の全砲火が南山披山へ集中され、山頂付近が土砂で連続して舞い上がる。一時は全く視界が遮られるほどとなった。

ついに一六〇〇時、突撃が開始された。ロシア軍陣地の真ん前まで迫った突撃路により、その突破を容易にしてゆく。至近から投じられる手榴弾に、ロシア軍将兵がひるむ。こうなると白兵戦の勝負は目に見えてきた。

日本軍将兵はそうした形勢に勇気づけられ、急速に山頂へと迫った。南山披山は三つのロシア軍陣地が築かれていたが、東部そして中部陣地が相次いで陥落、最後に西部陣地からロシア軍将兵が駆逐された。

かくして第1師団に関しては、二〇三高地での戦闘が思うに任せなかった以外、一応目的を達成できた。ただし他の方面においてはこの限りでなかったのだ。

ロシア軍の防戦

ロマン・コンドラチェンコ少将は、日本軍の動きを次のように予想していた。もし旅順で日本軍が新たな作戦を開始すれば、遼陽での会戦においてロシア軍が敗退したことを意味し、動かなければ遼陽も膠着状態にあると踏んでいた。

もちろん彼は後者を望んでいる。一日でも日本軍の攻撃が遅れれば、それだけ破壊された堡塁の修復が進むからである。だが、この期待は九月一九日の朝にあっさりと打ち破られた。

「ヤポンスキーは利口だ。進撃路と突撃路を設けている。進撃路は補給路でもあり、小規模の弾薬庫にもなるわけだ。そして我が軍の陣地の目前では、細い突撃路となる」

と、コンドラチェンコは前方を双眼鏡で視るなりそう言った。

「突破される堡塁が幾つか、出てくるはずですが」

少将の参謀長であるエフゲニイ・ナウメンコ中佐が、彼自身の見通しを率直に述べる。それが語れる相手であった。

「そうだろうな。その場合は直に奪回せねばならぬ」

「問題は予備兵力です」

「フォークの部隊を全部、突っこまないといけなくなるだろう」

そのようにコンドラチェンコが応える。アレクサンドル・フォーク中将のことを呼び捨てにした。尊敬に値しない軍人だからである。

「何か作戦を考えませんと、防戦一方ではジリ貧になります」

「こちらから逆襲に出るしかない。深夜秘かに出撃して――」

「敵を撃退した直後、退却する敵を追っての追撃戦もまた効果的でしょう」

と、ナウメンコが大きく頷きながら戦法を語る。

「ヤポンスキーは驚くぞ。まさか我が軍が陣地を出ると思っていないから……」

「直ぐにそれを軍司令官に上申したらいかがでしょうか？」

「そうだな」コンドラチェンコが応えた。「敵は攻める準備で守る準備をしていない」

二人はそれから幾つか、日本軍の攻勢のありそうな地点を視察する。大鷲の巣砲台からクミルネンスキー堡塁――水師営堡塁、それにヴィソーカヤ砲台――二〇三高地という順だ。次いで後方の第四堡塁――椅子山堡塁を経由して、アナトリイ・ステッセル中将の軍司令部にと足を運ぶ。

ステッセルは外出中

明治天皇の肖像画
アレクサンドル２世を暗殺した極左テロ集団の指導者から極右に転向したチホミーロフは、「ロシアの敗北は、ニコライ２世の政治家としての能力が、明治天皇と較べて劣っているからである」と彼の日記に記した

で、二人は待つことにした。軍司令官のご機嫌をとり結ぼうという高級将校たちが、用もないのにウロウロしているのが目につく。彼らはコンドラチェンコを見かけると、如実に厭な顔をして逃げるように軍司令部から出ていった。

「やあ、何か用かね？　ロマン・イシドーロウィチ」

と、軍司令官はあたかもサンクト＝ペテルブルクの宮廷で会ったかのように、優雅な調子で問いかけてきた。

「ヤポンスキーは、ノギは本格攻勢に出ると思います」

コンドラチェンコはそう前置きを述べる。いきなり本題に入ってゆくと、ステッセルが吃驚《びっくり》仰天するかも、と思ったからだ。

「それは承知しておる」

「遼陽の我が軍は敗北した模様です」

「まだ発表はしておらんが、クロパトキン大将は戦略的撤退を実施した」

「奉天まで後退するかも」

「いつかは反撃に出る、我が軍も」

そのようにステッセルは力をこめて説明してくる。この言葉を待っていたコンドラチェンコは、

「我が旅順要塞もヤポンスキーに対して、逆襲に転じたらいかがでしょうか？」

と、頭のなかで構想を纏め上げた作戦について持ちかけた。

「どんな？」

「要塞から出て敵の出撃拠点を急襲し、然るべき大損害を与える、という作戦ですが」

「規模は？」

「二個大隊から三個大隊を考えておりますが、いかがでしょう」

瓜二つのいとこ同士——イギリスのジョージ５世（右）とロシアのニコライ２世
たがいの軍服を交換して撮影したもの。しかしイギリスは日露戦争において、日英同盟に忠実に終始し日本を支援した

「そんな兵力が何処に余っている？」

ステッセルは不愉快そうに訊く。兵力の温存こそ彼の頭のなかにある、唯一の戦い方だったからだ。

「何度も申しておりますが、フォーク閣下の部隊を——」

「いかん、あれは予備だ」

「旅順での市街戦はとても

無理です。それだからこそ待機させた挙句に降服交渉の軍使の護衛といった役を与えるのでなく、旅順要塞の確保のため投入すべきですが！」

「市街地にいる民間人を護るための兵力——これを保持しておかねばならぬ」

と、軍司令官は無意味に力んで言った。

「セヴァストポリ攻防戦の時代から、もはや半世紀が経過しております。火砲の発達もその間に著しく、旅順要塞の一定地域を占領されたら最後、カノン砲でも榴弾砲でも、ヤポンスキーは自由に我が方を砲撃してくるのです。現実に敵は弾着の観測ができなくとも、砲弾を必要とあらば降らせてくるんですから」

コンドラチェンコは理解力のない上官に、そう具体的な例を出して説明してやる。セヴァストポリ攻防戦とは、一八五四年から五五年にかけて戦われた、クリミア戦争の焦点となった戦闘である。ロシアとトルコの戦争であったが、トルコの陣営にイギリスとフランスが加わった。

「きみに戦史の講義を拝聴せずとも、そのくらいは陸軍士官学校のときのを憶えておる」

「あのときのように秘かに旅順の全将兵が、艦船に乗って脱出とはいきません。ならば逆襲しか効果的な反撃手段は考えられないのです」

と、コンドラチェンコは一歩も退かずに意見を応酬する。

「要塞に立て籠って」ステッセルが強く言い張った。「ヤポンスキーどもに、ノギに出血を強いるのだ！」

「それだけでは不十分です。敵の砲兵陣地まで脅かすような、強烈な衝撃を与える反撃の実施を――」

「皇帝陛下には、一か月保持するごとに一年の勤務という、格別なるご配慮を頂戴している。その意味は一か月でも長く旅順を守り通せ、という仰《おお》せなのだ」

「長く守るには適時、反撃を加えるのが常道です」

「その判断は私がやる！」

「だからこうして進言しているのです。どうか、軍司令官閣下のご決断を」

「越権行為だぞ、ロマン・イシドーロウィチよ」

「必要だから申しておるのです」

「私が、私の目が黒いうちは、絶対に許さんからな」

と、ステッセルはあたかも仇敵に対するかのように言い切った。

表情を硬くして敬礼すると、コンドラチェンコは踵《きびす》をかえした。参謀長もまた全く同じ動作をする。

「待ちなさい、ロマン・イシドーロウィチ。私のところで晩飯を食べていったらいい」

そうステッセルが言葉を続けた。たった数秒前の表情とは全く別人で、親友に対する思いやりさえ窺われた。

「いえ、閣下」コンドラチェンコが冷静に応える。「最前線をまだ視察しますので」

付近にいた軍司令官の取り巻きたちが、次の瞬間、シンと静まりかえる。二人のあいだに火花が散ったからである。

「無礼な！」

傍の軍司令官の参謀長――ヴィクトル・レイス大佐が、招きを断ったことに怒りを示した。行儀のよい軍人たちにとって、野人然としたコンドラチェンコの態度が許せないのであった。

「最前線か。行けと言われても行かない人よりは、遙かにましではありませんか？」

と、ワシリイ・ベールイ少将が皮肉を述べる。

この関東州要塞砲兵司令官は、いつも暇があればステッセルの周辺にいた。その人物がアレクサンドル・フォーク中将を攻撃したので、そこにいた人びとは目を白黒させた。

第9師団の苦戦

八月一九日に攻撃が開始されて以来、第9師団は龍眼北方堡塁を目標としていた。これはロシア軍の要塞で最も北に突出しており、日本軍としては奪取しない限り、水師営方面の作戦展開が支障をきたす危惧があったからだ。

前回の失敗を反省した第9師団では、四〇門の各種火砲を投入、猛烈な砲撃をこの一点に集中する。一時間にわたる集中砲火に、ロシア軍陣地は完全に沈黙したかに見えた。

そこで第9師団右翼隊を率いる平佐少将は、あと三〇分砲撃を続けさせたのち、一七三〇時に麾下の部隊に突撃を敢行させる。歩兵第36連隊第2大隊が躍進、ロシア軍陣地へと一気に迫っていった。途中予想された反撃もなく、誰もが砲撃の効果を信じかけた。

あと一息で堡塁を占領となったとき、突如として地中から湧き出たかのように、ロシア軍将兵が姿を見せたかと思うと、機関銃と小銃で斉射を加えてくる。ついには手榴弾まで投擲し始め、それが恐ろしい効果を発揮していった。たちまち突入部隊のあいだより死傷者が続出した。

外壕付近で銃撃戦を展開しているさなか、埋められていた地雷が爆発、それが連鎖的に端まで続いたので、日本軍の死傷者は更に増えてゆく。かくして突入した部隊は、敵陣寸前で立ち往生という事態を招いた。

これに対応するため、歩兵第36連隊の第3大隊から、一個中隊が増援にと急派される。この中隊は第2大隊の生存者と合流、一致して敵陣の奪取を企てた。双方は至近距離から、機関銃や小銃による銃火の応酬のみならず、手榴弾から投石まであらゆる手段を用い、必死に戦い続けた。

ようやく堡塁の一部に突入しても、今度はそこに集中射撃を受け、進退の自由を喪う始末となる。ロシア軍将兵は際限なく現れ、いくら斃してもキリがなかった。

このときロマン・コンドラチェンコ少将は、虎の子の一個中隊を救援に投入する。更にスミルノフ中将もまた、予備隊を一個中隊、それにこの方面の指揮官――セミヨノフ大佐も一個中隊を増派した。だから次から次へと新手の部隊が、日本軍の前面に出てきたのである。

それらのロシア軍の増援部隊は、ただ遮蔽物の陰から応戦するだけでなく、失地を回復すべく勇敢にも反撃を加えてきた。接近しては手榴弾を投げ、あるいは銃剣を揮って白兵戦を展開してゆく。このため両軍の死傷者は急速に増大し、増援された将兵も消耗著しいという事態を招いた。

第9師団の右翼隊を指揮する平佐少将は、不退転の意志を改めて固め、絶対に奪取すべく歩兵第19連隊の二個大隊を投入、一転して西からの攻撃を企図する。少将はこれまでの戦闘を考え、ロシア軍も胸突八丁にきている、と推測したのであった。

既に攻撃は深夜に入り、八月二〇日を迎えている。増援の第19連隊第1大隊のうち、その一個中隊が激しい砲火をかい潜り、ついに龍眼山堡塁の西側にたどりつく。この中隊は順調に進撃を継続して、その陣地の一角を占領、〇三〇〇時には確保するに至った。

他の部隊も負けじと猛烈に攻撃するが、ロシア軍もまた、簡単に手放すわけにゆかなかった。コンドラチェンコ少将も八里庄まで自ら足を運び、龍眼北方堡塁の至近から戦術指揮に当たる。だが、少将には手持ちの兵力がなかった。

第3軍司令官の乃木希典大将は、柳樹房の軍司令部にいて、最前線からの報告にどう判断を下すか、相変らず迷っている。しかも戦況はリアルタイムでなく、ときに旧聞に属するものまであった。

「敵の兵力は一体どうなっているのか。次から次へと増強されているとしか考えられないが……」

と、大将は最新の報告に表情を曇らせて洩らした。

「第9師団の正面は、抜かれたら最後、旅順市街に突き進まれる、という恐怖心があるんでしょう。重点的に守備を強化している、としか思えません」

参謀長の伊地知幸介少将は、そう言って首を傾げた。薄暗い部屋には二人だけである。

「別の手段を講じないと無理か？」

「いったん後退させますか――」

「致し方あるまい」

乃木は後退を諒承した。伊地知はその意向をたしかめると、次の間にいる幕僚の一人を呼び、命令書の作成にかからせた。

このとき龍眼北方堡塁では全く新しい展開が起こっていた。右翼隊を率いる平佐少将の砲撃要請が、かなり遅れて攻城砲兵のところに届き、ときならぬ一斉砲撃が開始されたのだ。それは正確に堡塁の西南部へ弾着を生じた。

偶然を伴った一発が、堡塁内の弾薬集積所を直撃、轟然たる爆発が生じる。次いで誘爆が起こり、ベトン製の掩蔽が吹っ飛ぶ。黒煙が中天高く舞い上がる。

突撃隊はこれに元気づき、逆にロシア軍の側は落胆した。膠着状態に入り、双方が限界に達しようとしているとき、この士気の差は大きい。ついにロシア兵の一部が潰走を始め、指揮官も戦線の保持が困難と判断する。

日本軍の突撃が開始された。それを阻止しようとするロシア軍将兵は、既に一兵もなかったのである。龍眼北方堡塁に対して、右翼隊と左翼隊が両面から突入、ついに堡塁全体の占領に成功した。

しかしながら日本軍の砲撃は、龍眼北方堡塁のみに集中されたため、周辺の椅子山、案子山、二龍山、それに東鶏冠山のロシア軍砲台が、全く影響を受けずにいた。そうした砲台は龍眼北方砲台の失陥を知ると、直に集中砲撃を浴びせてきたのだ。

堡塁に突入していた突撃隊の将兵は、休息の間もなく補強工事を始める。簡単にこの拠点を捨てるわけにゆかなかった。

目標地点だけに砲火を集中する日本軍の砲撃のやり方は、威力を発揮することはたしかである。だが、続いて周辺の砲台をも砲撃しておかねば、せっかく占領してもそこへ反撃を受ける羽目に陥ってしまう。

これは第一回総攻撃の際、既に見られた現象だった。にもかかわらずこの時点でも全く学習できていなかったのである。

補強

新たに占拠した堡塁を日本軍が修復するのと同様に、ロシア軍の側も砲撃され痛めつけられた拠点への補強を急いだ。日本軍の砲兵によって、随所に大きな損害を被っていたからである。

その指揮はやはり工科大学を卒業している、ロマン・コンドラチェンコ少将が最適任者だった。彼は一日の大半を最前線の視察に費やし、日本軍の戦法を研究しては、新しい防御陣地を構築させたりもした。けれど大半は破壊された部分の補強であった。

「要塞のベトンに命中したヤポンスキーの砲弾に注意してくれ。射入孔と射出孔の差をだ、とりわけ」

と、コンドラチェンコは現場の指揮官にそう情報を求める。

現在までのところ、これといった新しい砲が使用された、という形跡はなかった。それが少し彼を安心させる。

「水道多面堡では、火薬庫に直撃したそうですが?」

一人の指揮官が要塞の壁面を一瞥し、少し不安そうな表情を見せた。水道多面堡とは、龍眼北方堡塁のロシア軍における呼称である。彼らにとってそれは最大の関心事の一つと言える。

「あれは弾薬庫から運び出して、そこそこの量が積んであるところをやられた。小爆発によって火薬庫が誘爆したわけだよ」

コンドラチェンコは説明した。やたらに否定してしまうより、はっきりさせるのが彼のやり方である。それが他のロシア軍の高級将校たちと違っており、また幅広い人気の秘密だった。

「面倒がって一時に多くの弾薬を出しておく、というのは止めさせせましょう」

「そうして欲しい。そこにいる将兵だけでなく、周辺の者までとばっちりだからな」

「歴戦の下士官たちを中心に、度胸が坐ってくるとそれをやります。自分のところに命中しないと思ってますからね」

と、その指揮官は納得した表情を見せた。

「水道多面堡の例を挙げて、皆に徹底させて欲しい」

コンドラチェンコはそう言い終えると、また要塞内部の視察を続ける。砲弾で破壊された箇所については、とくに念を入れて点検していった。

具体的な補修方法を指示してゆく。破られた場所を埋めるだけでなく、鉄材などを新たに追加した補強、というやり方を採らせたのである。

「六インチ砲が最大ですね、ヤポンスキーの使用している砲は」

コンドラチェンコの参謀長――エフゲニイ・ナウメンコ中佐が話しかけた。煉瓦造りの兵舎の壁面には、およそ一五センチほどの孔がはっきり残っていた。六インチ砲とは一五二ミリ砲を意味するので、彼の言葉が裏付けられた。

「野戦重砲としては、それが限度だからね。常識的にも」

と、コンドラチェンコは参謀長にそう同意する。

「ヤポンスキーは何をやり出すか判然としない面がありますから……」

「とてつもない大口径の砲を持ちこむ、ってわけか！」

「まあ、可能性はないと思いますが」

「もしそうなったら見通しは厳しいぞ」

「ええ」

二人はそんな会話を交わしながら、視察を更に続けた。一か所を終えると、乗馬してまた次へと移ってゆく。

日本軍の砲撃とそれに応戦するロシア軍の砲撃が絶えることなく聞こえた。とりわけヴイソーカヤ山——二〇三高地の方面で、激しく続いているようだった。

二〇三高地攻防戦

二〇三高地では膠着状態が続いている。第1師団右翼隊は、二〇三高地の西南の一角を占領したものの、それ以後の進捗がはかばかしくなかった。何しろ大連から旅順にかけては、殆どが岩山で土砂の層など三〇センチメートルとない。だから簡単な壕を掘るにも至難の業となった。

後備歩兵第16連隊の五個中隊と歩兵第15連隊の三個中隊が、山頂の一角に頑張っているものの、各中隊の兵力は定員を大きく下回っていた。しかも付近のロシア軍から機関銃と小銃で攻撃され、その上に周辺の砲兵陣地からは間断なく砲撃を浴び、時間を追うごとに死傷者の数を増やしている状況下にあった。

早朝から作戦行動に入り、弾雨を潜って肉迫し、白兵戦を展開していた日本軍将兵は、疲労の極に達していたのである。師団長の松村中将からは、二〇三高地の全山攻略の命令が下るが、とても第一線将兵にとってそのような状態ではなかった。

それでも夜襲を敢行するものの、ロシア軍の抵抗は激烈で、日本軍との中間のわずかな地域にまで、砲火を浴びせて防衛の強い意思を表示してきた。前進を阻止された日本軍将兵に対して、ロシア軍は一転して砲撃を中止、銃剣突撃を企て勢いで押しまくる。中途半端な位置にいた突撃隊は、たちどころに先手をとられ、これまで占領していた西南の一角までを、ロシア軍に奪回されてしまった。

日本軍も後方から増援部隊を派遣するが、最前線までたどりつく前に大半が死傷、戦闘に参加できる者はわずか一握り、という始末であった。敵に対する兵力の絶対数が不足している上、死傷者の補充も不十分という、最悪の状況に陥ったのだ。

こうした最前線の混乱は、後方の師団司令部や軍司令部にも及ぶ。二〇三高地を制圧したという誤った情報がこれに拍車をかけた。

だが、直ぐに悲劇的な情報がもたらされ、これが虚報だったことを知らされる。

師団長の松村中将は、予備として手許にあった、後備歩兵第15連隊第1大隊を投入、あくまで二〇三高地の奪取の意向を示した。また右翼隊としても、後備歩兵第1連隊から一個中隊を、兵力不足に陥った突撃隊に編入する。

こうして投入される部隊には、二〇三高地中腹の出撃拠点までたどりつくこと自体、大きな問題になっていたのである。ロシア軍砲兵陣地は、その動きを知ると砲弾を浴びせ、機関銃陣地からは猛烈な掃射が加えられた。このためこれまでと同様、途中で死傷する将兵が相次いでしまった。

危機的状況は、ロシア軍の側も変らなかった。日本軍の砲撃と再三の白兵戦により、死傷者は激増していたからだ。二〇三高地全体の歩兵が二〇〇名以下となり、そのままでは陥落も時間の問題と考えられるようになっていた。

ロシア軍の陣営も、次第にこの高地が単なる戦術上の要衝でなく、戦略的な価値があるのを認識し始める。旅順要塞の司令官――スミルノフ中将は、ここに歩兵一個大隊を急派、地域司令官のミトロファン・ナディン少将に、二〇三高地の死守を命じた。

叙勲の際にステッセル中将と険悪になっていたこの真正直な老将は、まださほど重要性に気づいてはいないが、命令とあってその遵守を確約した。

八月二一日から二二日にかけての日本軍の突撃は、一進一退を繰りかえして、大きな進展を見なかった。それどころか攻撃準備中に逆襲を受け、一時は突撃部隊の陣地が脅かされる状況を招く。これを撃退後に今度は突撃に転じるものの、またしても猛烈な砲火を浴びせられ、ロシア軍陣地にすらたどりつけずに終わる。

明るくなるまで、更に二度の突撃が企てられたが、それらもすべて失敗していた。ロシア軍は日本軍の戦法の単調なパターンを知り、それに対抗する銃砲撃のやり方を、考え出していたのである。明るくなってからも、一〇〇〇時に歩兵第15連隊の二個大隊が、健在な者を集めて攻撃したのだが、これまた全く歯が立たずに敗退した。

かくして報告は師団長に届き、現状での二〇三高地攻略が不可能との結論が出される。あとは現在地の確保を強化し、好機を待つしか方法がなかった。

柳樹房の第3軍司令部では、軍司令官――乃木希典大将と参謀長――伊地知幸介少将とが、小さなテーブルを挟んで相談していた。内地の砲台に置かれていた二八センチ榴弾砲六門は、既に九月半ば旅順に到着していたものの、後送分について参謀長が不要と主張したからである。

「海軍の砲台にあった砲の威力で旅順を陥落させたとなると、我が第3軍の面子は形なしですぞ」

と、伊地知は不満を表面に出した。

「大本営が送ってくれたものを、断わる筋合はあるまい」

乃木は一応、受領の意向を見せる。日限を区切ってきたのは海軍の側だから、この程度の配慮は当然と考えたのだ。

「ですから六門に関しては、各師団に二門ずつ均等に割りふりました。しかしながらこれ以上については——」

「海軍の干渉には、私もうんざりしておる。二〇三高地を奪えば旅順港内を眼下に収められるとの主張は、他の参謀たちも憤慨しておった」

「軍司令官。二〇三高地については、当初より小官もその価値を主張しておりました。それが海軍の指示か何かのように参謀たちから誤解され、小官の意見が猛反対に遭った次第」

そのように伊地知は不満を述べた。たしかに彼は第一回総攻撃の前に、二〇三高地の重要性を説いていたのである。しかしながら海軍と同じ類《たぐい》の発言となり、幕僚たちの反対で押し切られていた。

このとき乃木もまた、海軍側の意見を容れるのが面白くなく、まだ無防備に近かった二〇三高地への攻撃を、一顧だにしないでいた経緯があった。

二八センチ榴弾砲については、その話が大本営から伝えられたとき、伊地知が不要だと一蹴している。彼は与えられていた武器と兵力によって、旅順要塞を突破してやろうと考えていたからだ。第二回攻撃の進捗がはかばかしくない段階においても、まだその考えを変えようとしていなかった。

それならば到着していた六門の二八センチ榴弾砲を、ないものとして二〇三高地方面に集中する、という思考の展開ができなかったのであろうか。砲兵出身の伊地知が、何故これらを分散投入したのか、全く解せないのだ。拒絶反応がそうした形で見られたのなら、これはまた理解の範囲内だと言えよう。

この時点で切札となるべき兵器が、第3軍に届いていたのである。ただし、いかなる絶大な威力を有する兵器も、それを戦術的に運用し、また操作するのは人間だった。

ステッセルの強気

二〇三高地の攻防戦で、ロシア軍が守り切ったというニュースは、旅順の市街地の雰囲気を明るくさせた。とりわけアナトリイ・ステッセル中将は、終始ご機嫌で誰に勲章を与えるべきか、軍司令部においてその仕事に忙殺されていた。

彼は遼陽会戦の結果について、日本側の流した戦意喪失させるためのデマ、と決めつけてしまう。クロパトキン大将は奉天に後退したのではなく、旅順を解放するため進撃中と解釈したのである。

ロマン・コンドラチェンコ少将から、日本軍撃退後の二〇三高地の防備強化の状況を報告され、余計に意を強くしていた。防禦施設と同時に、有刺鉄線もまた、新たに幾重にも張り巡らされたからだ。

「それでは万全だな!」

と、満面に笑いを浮かべて、ステッセルは応えた。

「あとは兵力の損耗が続いたときの、機を失せぬ予備兵力の投入です」

そのようにコンドラチェンコは釘を刺しておく。フォーク中将の第4師団の将兵しか、もう予備隊は残っていないからだった。

「クロパトキン閣下が入城されるまで、旅順を保持せねばならないからな」

「そう信じておられますか?」

「何について?」

「遼陽で勝ったという話をです」

「負けるわけがないぞ、ロマン・イシドーロウィチ」

「バルト艦隊もまだ、クローンシュタット軍港にいます」

「そんな莫迦なことがあってたまるか。そういった類の話はすべて、ヤポンスキーの雇ったキタイスキーが、謀略のため流したデマ宣伝だ。我が軍のなかの質の低い、動揺させやすい連中に対する——」

ステッセルが顔面を紅潮させて怒る。キタイスキーとは中国人のことである。旅順には中国人社会が存在しており、彼ら独自の情報網を有していたのだ。

「背後が心配ならノギはまた別の攻撃方法を考えてくるでしょう」

と、コンドラチェンコは彼に現実を認識させようと思った。

「だから慌てて突撃に次ぐ突撃という、単調な戦法に終始しているのだよ」

「軍司令官閣下。敵に対して出撃することを、許可していただきたいと存じます」

「いかん。前回、却下したはずだ」

「しかし消極的な待ちの戦いを続けていったら、直に手詰まりになってしまいます」

「クロパトキン閣下が救援に駆けつけてくださるまでだ」

「奉天に向かって進撃している人物が、何故にこの旅順へ現れるでしょうか！」

「何を言うか、ロマン・イシドーロウィチ。閣下は遼陽で勝利を収めておられる」

「それならどうして」コンドラチェンコは逆に問いかける。「キタイスキーどもの情報で一つも勝利がないのですか？」

「キタイスキーどもは、誰もがヤポンスキーのスパイ《シュピオン》だからだ」

と、ステッセルは不愉快そうに応えた。

「そうとは思えませんが……」

「きみとの主観の相違だ」

「では、一度だけ出撃を――」

「いかん。やったら軍法会議にかける。それもロマン・イシドーロウィチ。きみでなく従った将校たちをな」

「………」

返答すべき言葉が見つからず、コンドラチェンコは無言でいた。それからこの愚かな宮廷軍人に向かって、形式だけの敬礼をし、そのまま足音も高く部屋を出た。その後方を彼の参謀長――エフゲニイ・ナウメンコが続く。途中から二人の足音がピタリと重なり、それが廊下全体に共鳴して響き渡った。

それから数日後――。

いつものように日本軍の砲撃が旅順の旧市街を標的として始まった。民間人もこの頃になると慣れてしまい、やられたら致し方ないと楽観的になってきている。

そのときステッセルの邸宅から五〇〇メートルほど離れた地点に、これまで経験したことのないほどの凄まじい弾着が生じた。空気の震動が人びとの肺のなかまで揺さぶる。

「何じゃ、これは！」

と、専門家のコンドラチェンコ自身が仰天するほどの爆発であった。

「艦砲の一二インチ（三〇センチ）砲ではないか？」

誰かがそう叫ぶ。一五二ミリ砲弾の倍以上の衝撃波からして、その推測は極めて妥当なものだと考えられた。三〇センチ前後という巨大な野砲は、しかし常識外の産物だった。

コンドラチェンコがふと北東の方角を見上げたとき、ザリーテルナヤ砲台――東鶏冠山砲台に一発、やはりこれまでにない大爆発が起こった。衝撃波が少し経過してから到達し、次いでもっと大きな爆風がかなり遅れて届いた。

――土砂の掩蔽と二層のベトンの円蓋を貫通して、内部で爆発を起こした感じだ！

彼はそのように推測した。凄まじい威力の砲弾であることは、築城の専門家にとって直ぐ理解できた。それに弾着が生じた位置から、艦砲でないのも想像がつく。

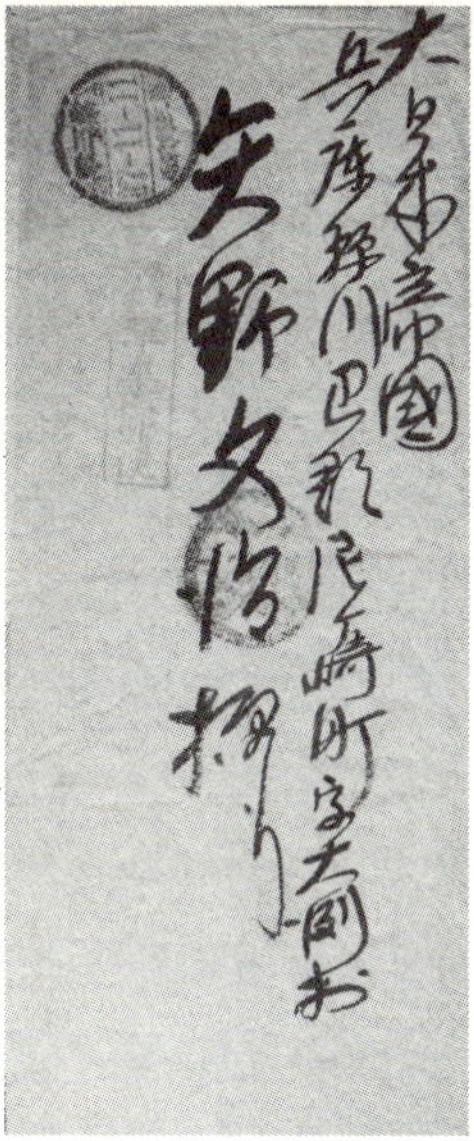
明治37年（1904）11月11日に第３軍砲兵第２旅団の砲兵軍曹が差し立てた軍事郵便
日本軍は兵卒に至るまで、誰もが郷里へ軍事郵便を利用し、近況を伝えたのである

「ワシリイ・フォートロウィチ、現

場へ行ってみよう」

「よし、きた」

その場にいたワシリイ・ベールイ少将を誘い、コンドラチェンコはザリーテルナヤ砲台——東鶏冠山砲台へと向かった。途中で最初にやられたのが第二堡塁、そしてたった今しがた命中したのがザリーテルナヤだということに気づく。数分後、彼らは最初の爆発のあった地点に到着した。

また一発、新たに弾着が生じて、Б《ベェ》字砲台の方から衝撃波が伝わってきた。大爆発が起こって中天に龍のような黒煙が、一気に駆け上がってゆく。

「敵弾の直径は一一インチ（二八センチ）です」

と、若い砲兵将校が報告してきた。

「信じられん」コンドラチェンコが思わず唸る。「陸上の砲とはね、これが……」

「損害は、ここの？」

ベールイが問いかけた。負傷者が次から次へと運び出されてくる。意識を喪って血まみれになったり、顔や軍服が真っ黒に汚れた将兵が、かなり多く見られた。

「死傷者が一〇〇前後です、閣下」

「一発でか？」

「ええ、この一発によってです」

白い軍服が血まみれになった下士官が、堡塁の内部を振り向いて報告した。衝撃でまだフラフラした感じである。

「また来たぞ！」

少し離れたところで将校が叫ぶ。頭上で凄まじい音を立てて、二八センチ砲弾が落下してくる。コンドラチェンコは小さな駅のプラットフォームで、急行列車の通過を眺めたときのことを思い出す。

全員が地面に伏せた。そうすることが唯一、彼らにとってやれる行動である。次の瞬間に音が止み、一呼吸もしないうちに地面が、あたかも大地震のように揺らいだ。地面に顔を殴られたような感じがした。

衝撃波が砂塵を巻き上げ、爆発が土砂を運んでぶちまけた。数分のあいだ土砂は降り続く。それが生死を問わず伏せている人間の上に厚い層をつくった。

ようやく一段落して、コンドラチェンコは太陽が霞んでいるのに気づいた。空中を大量の細かい土砂が漂っているのだ。喋ろうとしたら口のなかがジャリジャリし、鼻孔が詰まり呼吸が苦しく感じた。

「また命中している。もの凄い命中精度ですな！」

と、呆れた感じで一人の下士官が付近を指で示した。

土砂で掩蔽してあった堡塁が見破られ、そのベトンを二層とも貫通された上で、内部において大爆発を起こしたのである。猛烈な勢いで黒煙が射入孔から噴出し、数分しても衰えようとしなかった。

少将の顔見知りの若い砲兵将校が、命じられて計算を始める。信じられないことに、砲弾の重量は二〇プード――約三二〇キログラムで、秒速三三〇メートルにて落下した、という数字が出た。それに耐えられる要塞とはどの程度の規模か、彼は続けて計算に入る。土と石で四メートル強の層を載せ、その下に厚さ約一・五メートルのベトンでないと、この日本軍の砲弾を阻止できない、という勘定になり彼は愕然とした。

ロシア軍にとっての衝撃は、それだけで終わらなかった。南山披山の失陥が、思いがけない事態を招いたのである。その頂上から旅順口を望むと、港の三分の一くらいが見渡せたのだった。

そこで日本軍の砲兵隊は、南山披山の頂上に着弾観測所を設け、電話で連絡して弾着を修正、旅順港にいるロシア海軍の艦船に対し、ついに命中弾を送りこんだのだ。

砲撃初日の九月二八日には、戦艦ポベーダに直撃弾を命中させた。翌二九日に戦艦セヴァストポリ、三〇日に戦艦ペレスウェートと再びポベーダにも命中弾を生じさせている。

いったん強気に転じたステッセルが、この一連の出来事にまた弱気の虫を成長させた。むしろステッセル夫人――ウエラ・アレクセーエヴナの方が、大いに士気旺盛であって、夫の尻をたたき続けていた。

二八センチ榴弾砲の威力

第3軍の参謀長――伊地知幸介少将は、二八センチ榴弾砲を当初、不必要だとして大本営に返答していた。拙い戦術しか思いつかない盆くら参謀長も、面子にだけは固執したわけである。

広島の大本営では、そうした現地参謀長の意見を強引に押し切り、第一陣としてまず六門、次いで第二陣として六門を送り出した。第一陣は大連港に陸揚げされると、東清鉄道を利用した軍用鉄道で旅順近くへ運搬し、それから前線に設置されていった。

伊地知は拒絶の理由として、基礎をベトンで固めないといけないため、二週間以上を要することから、発射準備を終えた頃に戦闘が終了しているとした。ところが実際にやってみると、ベトンは一週間で乾いてしまい、早い段階で砲撃準備が完了したのである。

第一陣の二八センチ砲六門は、九月一四日に旅順へ到着しており、月末には早くかず、ロシア軍において恐怖の的となったが、やがて旅順攻囲戦の主役にのし上がったのであった。

前にも述べたが、この二八センチ榴弾砲に何故バラバラの砲撃目標を与えたか、という点が問題視されてよい。二〇三高地が最大の焦点なのだから、ここに六門すべてを集中し、最優先で占領させるべきだったのである。

これを第1師団と第9師団、それに第11師団へとそれぞれ二門ずつ、総花的に分配したのだ。この一つだけを考えてみても、軍司令官とその参謀長には戦いのセンスが欠如していることが、一目瞭然に判ってくる。

本格的な二八センチ榴弾砲の活躍は、一〇月一六日の盤龍山北堡塁への攻撃に始まる。このとき団山子砲台に備えられた二門が、目標に対し正確に命中弾を送りこみ、堅固な掩蔽を次から次へと吹っ飛ばしてゆく。

これまで散々苦労させられた、機関銃陣地が空中高く舞い上げられ、第9師団の将兵は歓呼の声を上げたほどだ。

従来の重砲——一五二ミリ砲では歯が立たなかった、分厚いベトン製の堡塁を二八センチ砲弾は簡単にぶち抜いたのである。

このためロシア軍陣地では、将兵たちが不安感を抱き始めた。これまでは日本軍も砲撃を開始したのだ。その威力は当初のあいだ、日本軍の陣営からだと見当がつの砲撃が開始されると、掩蔽のなかに閉じ籠り、一段落して歩兵の突撃になったとき、壕に出て銃撃を加えるとの手順で乗り切ってきた。けれど掩蔽の内側にいても安全でなくなると、あとは運を天に任せるしかなかったのだ。

連日砲撃が続く。ロシア軍はベトンの防壁を突き崩されると、そこに砂袋――土嚢を山と積んで、辛うじて日本軍の突撃に備えていた。突破口にさせないためと、陣地の補強が狙いであった。

一〇月二六日以降の砲撃は、一二門に増えた二八センチ砲が猛威を発揮した。またしても増加した分が均等に振り分けられたのだから、第3軍司令部のお粗末さ加減は筆舌に尽しがたいと言えよう。

それでも満洲軍総司令部は、人事異動に手をつけなかった。これは総司令官の大山巌元帥が、「軍の団結は将帥の精神にある」として、総司令部内に強くあった乃木更迭論を抑えたのである。

だが、同時に総参謀長の児玉源太郎大将を旅順に派遣、戦争指導に当たらせることを決意していた。また児玉に必要とあらば、作戦へ意見を述べるだけでなく、直接指揮を執るよう命じたのだ。

児玉なら二八センチ榴弾砲を活用、二〇三高地攻略に新たな戦術を展開するはず、という大山の期待があった。元帥もまた、第3軍司令官とその参謀長の能力に、はっきり疑問を感じていたからだった。

北正面への総攻撃

第3軍では旅順要塞の北正面への総攻撃に先立って、盤龍山北堡塁から二龍山中腹陣地にかけての、奪取作戦が企てられた。これは一〇月一六日未明に配置に就き、機を見て躍進するという手順であった。

攻撃は二八センチ榴弾砲の支援砲撃で口火を切り、ロシア軍の機関銃陣地を中心に、三時間にわたって破壊し続ける。突撃はその後に実施されたが、生き残っていたロシア軍将兵の反撃も激しく、随所に白兵戦が展開された。

巧妙に配置されたロシア軍陣地は、無理攻めを企てたりすると、四方八方から攻撃を受ける危険性が高い。日本軍の突撃隊はこれまでの経験を活かし、慎重に敵陣を行動してゆく。ロシア軍側の反撃が激しければ、いったん停止して進出地点の防備を固め、じっくり攻める戦法に出た。

こうした盤龍山北堡塁の戦況に対して、二龍山中腹のロシア軍塹壕を攻撃した歩兵第19連隊の二個中隊は、支援砲撃が十二分に威力を発揮、ロシア軍の残存兵力を一掃してこの確保に成功する。これに呼応した形で、松樹山前面でも行動を開始し、ロシア軍前哨点を二か所、奪取していたのだ。

一〇月二六日からの総攻撃の準備は、かくして完了した。乃木希典軍司令官は、次のような手順で北正面の攻略を目論む。

第1師団が松樹山堡塁とその後方高地を攻撃、第9師団は二龍山とΠ《ぺー》堡塁を、第11師団は東鶏冠山の第一堡塁と第二堡塁、更には砲台をそれぞれ攻略させ、それに成功後には後方高地を占領する、との作戦計画であった。

第1師団の右翼隊などは、二〇三高地方面でロシア軍を牽制するだけで、総攻撃まで待機の恰好となる。むしろこの方面に火力の大半を傾注し、主目標とせねばならないにもかかわらず、北正面を突破しようと狙ったのだった。

この総攻撃においても、支援の砲撃は攻撃目標の堡塁に集中する、という傾向は変っていなかった。だから松樹山堡塁を目指す歩兵第2連隊の二個中隊足らずの主力は、椅子山、案子山、松樹山のロシア軍砲兵陣地から、猛烈な砲撃を加えられたのである。もちろん攻撃目標の守備兵もまた、機関銃や小口径砲で反撃してきた。

何度も書くが学習能力に欠如した攻撃方法としか言いようがない。攻撃地点が射程内という砲台は、すべて支援砲撃の目標とすべきなのに、この時点になっても何ら改められていないのだ。

突撃に参加した部隊は、生き残ったロシア軍将兵の反撃だけでなく、頭上に降り注ぐ砲撃によって、死傷者を増加させてしまった。双方は再三にわたって白兵戦を繰りかえし、勇敢な戦いぶりを示す。日本軍の突入部隊は、二度三度と反撃を撃退し、進出地点をほぼ確保した。

第9師団の二龍山堡塁への突撃は、やはり支援砲撃によって開始される。ロシア軍は猛烈な攻撃のため反撃が微弱となり、そこを第19連隊第2大隊が躍進した。この突撃隊は首尾よく、損害を出しながらも目標地点の占領に成功する。

左翼隊を率いる一戸兵衛少将は、常に陣頭指揮をとることで知られたが、今回は盤龍山北堡塁を攻撃したのである。歩兵第7連隊の突撃隊は、他の地域の味方の動きに呼応、一気にこの堡塁を奪取してしまった。

これらの攻撃は殆ど所定の目的を達して終了した。すべては一〇月三〇日から開始される、旅順要塞主陣地に対しての総攻撃の準備であった。第3軍司令部としては、敵の北正面防衛線の突破について、かなりの自信を抱くに至っていた。

絶望的な数字

最前線の視察を精力的にこなし、ロマン・コンドラチェンコ少将は暗い気持になった。何しろ一一インチ——二八センチ砲の直撃を受けた堡塁や砲台は、すべてが完璧に貫通されていたからである。

彼の知る限りにおいて、世界中の要塞でこの砲弾に耐えられる掩蔽壕を有したところは、ただの一か所もなかったからだ。もちろん彼自身が構築に当たった旅順要塞も、一五五ミリ砲を考慮に入れており、二八センチという化け物のような野戦砲など、一切計算していない。

アナトリイ・ステッセル中将には、最初の日に対抗不可能だと報告していた。けれどこの軍司令官は、直に砲身が消耗するから、さしたる脅威ではないと、あっけらかんとして笑い飛ばした。

「黄色い猿のやることは、そんな長くは続かんよ」

と、中将はコンドラチェンコの肩をたたいて元気づける始末だ。

「事態の重要性を認識なさるべきでしょう。ヤポンスキーがおっしゃるように黄色い猿なら、何故に旅順艦隊はこの為体《ていたらく》なのでしょうか、閣下？」

そうコンドラチェンコは切りかえした。喋りながら旅順港で小さくなって一隅に隠れている、戦いを避けた惨めな海軍艦艇を見る。港内の西の三分の一は南山披山から見渡せるため、残る三分の二に肩をすぼめるようにして、恐怖の砲撃から逃れようとしていた。

「トーゴーの艦隊の方が最新式だった、という差だけだ」

「そうでしょうか、閣下。将兵の練度もシモセ火薬も、すべて彼らが上です」

「もう少しの我慢だよ、ロマン・イシドーロウィチ。バルト艦隊がやって来れば、すべて条件は一変してしまう」

「バルト艦隊はまだクローンシュタット軍港ですし、極東に到着したとしても勝てる保証など全くありません」

と、コンドラチェンコは思うところを述べた。

「悲観主義者にいつから転向したのかね、ロマン・イシドーロウィチ?」

「現実主義者です、私は——」

「いや、違うな。敗北思想に毒されておるぞ。その言い分からすると」

ステッセルは余裕を見せるべく、無理に笑いをつくり語りかける。内心は怒りを抑え切れなくなり始めていた。

「いずれにせよ」コンドラチェンコは結論を述べる。「一一インチ砲は我が軍の全堡塁と砲台を破壊してゆくでしょう」

「今度は予言かね?」

「いえ、閣下。数学的に、そして物理的に申し上げているのです」

その言葉に近くで一部始終を聞いていた、軍司令官の参謀長——ヴィクトル・レイス大佐が表情を歪める。彼もまた市街地に落下してきた、二八センチ砲弾の着弾地点を視察しているからだ。あんなものがもしこの軍司令部を直撃したら、どうなることか想像して首をすくめる。

「旅順が陥落する、とでも思っているのかね、その口ぶりだと？」

と、ステッセルが詰問するような調子で問いかけた。

「危険性が大いにあります。あの一一インチ砲が一ダースあれば、私ならヴイソーカヤ山へすべてを集中投入し、一週間ほど砲撃を徹底するでしょう。それだけで我が軍の守備兵たちは、たがいに会話が不可能になった上、戦意を喪失してそれまでです」

「きみが敵将ならそうした戦術を展開できるだろう。だがノギは黄色い猿だという点を忘れてはならん」

「ノギが陥落させられないとなると、より以上の将官が任命されるに違いありません。私が気づいている以上、敵の誰かが必ず気づくはず――」

「では一体全体」ステッセルが訊く。「どうすべきなのかね？」

「ノギと交渉に入り、旅順の開城を条件に話し合うことです」

と、コンドラチェンコは自分の得た結論を語った。

「そんなことをしてみろ。サンクト＝ペテルブルクの皇帝陛下の怒りを買う！」

「開戦して八か月を経過しても、バルト艦隊は依然とクローンシュタットで時間を潰しています。一方でクロパトキン閣下は、旅順救援どころか奉天へ進撃中という有様――」

「推測で喋ってはいかん！」

ステッセルが怒鳴る。侍従武官長という肩書の持主にしては、あまり褒められた態度ではなかった。

「いいえ、推測ではありません。交渉して有利な条件を獲得した上、武装したまま退出するのです。あたかもナポレオンのマッセナ軍が、一八〇〇年にジェノヴァでやったようにです」

そのようにコンドラチェンコは、戦史から実例を引き出して語る。攻囲下のジェノヴァは、チフスが発生して惨めな状況下にあったが、マッセナ将軍はオーストリア軍と交渉、見事に成功を収めたのである。

「ロジェストウェンスキーの艦隊を待つのが、我らに与えられた使命なのだ！」

と、ステッセルはバルト艦隊の来援しか頭になかった。

「閣下」コンドラチェンコはメモを出す。「敵の砲弾について……」

「どんなものかね？」

「二〇プードの重量を有して、ほぼ音速にて飛来して参ります」

「一秒間に三四〇メートルか……」

「さようです、閣下。この世のあらゆる建造物を破壊いたします」

「命中すればの話だが」

「現実に命中しております。一発で一〇〇名からの死傷者が生じたことも――」

「うむ……」

　ステッセルは言葉に詰まった。軍司令官らしい威厳を保ちつつ、何とか少将との話を終熄させねばと、それだけを考えている。

「要塞防衛線からの出撃を、それでは裁可いただけませんでしょうか。一一インチ砲の陣地を急襲し、破壊して当面の脅威を除きたいと思いますので」

　と、コンドラチェンコは以前の主張をもう一度、ここで持ち出してみた。

「いかん！」

「では、ヤポンスキーとの交渉を！」

「それもいけない。皇帝陛下のご期待に背くわけにはいかん」

「食糧がなくなるか、将兵の殆どが伝染病で倒れるか、はたまたヤポンスキーの突入が早いか。それを待つわけですか、閣下？」

　そうしたコンドラチェンコの問いかけに、ステッセルは曖昧に首を横へと振る。どうやらそれらすべてを否定したようであった。

　何もかもがこの軍司令官の理解を超えたものとなっていた。彼の思考回路には、このような戦局の推移が全く織りこまれていなかった、と言える。今後どう戦ってゆくべきか、ステッセルにとって五里霧中の状態だった。

一戸堡塁

乃木希典大将は、旅順を攻囲する第3軍司令官として、ぜがひでも攻略せねばならない義務を負っていた。日本の四軍の軍司令官のうちで、最も能力的に疑問符を打たれた人物が、最も厳しい戦場を受け持ったわけだから、これは悲劇以外の何物でもなかった。

実際のところ乃木大将はある時点から、神経症——ノイローゼの症状を呈していたようである。死傷者は既に合計三万を数えようとしていたが、まだ旅順要塞の本陣地には一歩すら足を踏み入れてなかったからだ。

「次の本格攻撃に失敗したら、乃木閣下の更迭もあるのでは？」

と、多くの将兵が秘かにそういった会話を交わした。

火砲の面では二八センチ榴弾砲が新たに六門加わり、合計一八門になったことで格段に強化された。けれど戦術展開には全く進歩なく、攻撃目標地点に対して支援砲撃を加えては、敵陣目がけて徒に突撃を繰りかえし、無傷の近隣の砲台から砲撃を喰らう、という莫迦の一つ覚えである。

ロシア軍はいったん砲撃が始まると、兵力の多くを一番堅固な堡塁に隠し、周辺の砲台は集中砲火を受けている陣地の前面に、早くから照準を合せ待ち構える、といったパターンになっていた。やがて日本軍の砲撃が終了すると、案の定、思ったとおりの地点に歩兵が突撃してくる、といった寸法だった。

一〇月三〇日の総攻撃も、これまた焦点の絞り切れていない作戦が立案されていた。

すなわち第1師団を見ると、右翼隊は二〇三高地の西南から、中央隊は同じく二〇三高地の北から攻撃するが、左翼隊は何と全く関係ない松樹山への突撃、と命じられた。

松樹山は東清鉄道の線路より東にあり、二〇三高地と全く関連を有していないのだ。直線距離でも四キロメートル近くあり、陽動攻撃にもなっていなかった。

しかも砲兵隊への指示は、主力で松樹山への攻撃を妨害しようとする、敵の砲台、堡塁、散兵壕を砲撃し、一部は方家屯や二〇三高地方面の牽制行動を支援せよとある。つまりこの時点で砲兵隊の主力は、二〇三高地への支援砲撃でなく、松樹山に転じられていたのであった。

第9師団の方は、右翼隊が二龍山堡塁、左翼隊がΠ《ペー》堡塁と、これまでどおりの目標に突撃する、とされていた。

第11師団は、最も欲張った目標が与えられる。右翼隊が東鶏冠山北堡塁と同第二堡塁に対しまず突撃、更に第三と第四砲台の線の攻略。中央隊が東鶏冠山第一堡塁および同砲台に突撃、更に同第二砲台を攻略せよ、というものだった。左翼隊は中央地区から大孤山にかけての陣地に位置し、警戒に当たるとされた。

作戦は計画どおりに、一〇月三〇日〇七〇〇時に開始され、二八センチ榴弾砲一八門、それに各種砲一九五門が火を吐く。これは歩兵の行動が始まる一三〇〇時まで続けられ、以後も歩兵を攻撃するロシア軍火砲に対し、適時砲撃を加えていった。

松樹山堡塁の攻撃は、予め掘ってあった突撃路を伝わって、ロシア軍陣地直前に接近すると、歩兵第2連隊第2大隊が突撃を開始した。工兵が爆薬を投げこむが、堡塁はびくともしない。ようやく外壕まで進出するが、ここで思いがけない事態が待ち受けていた。高さ七・五メートルの壕へ突入した将兵は、そこで文字どおり立ち往生して全滅させられた。あたかも標的のように、一人残らず銃火を浴びて斃れたのである。

突入を思い止まった将兵も、周辺からの砲撃と銃撃によって、多くが死傷してしまった。二個中隊が突撃してほぼ全滅を遂げたのだった。

第9師団の右翼隊も、二龍山堡塁の寸前にまで肉迫するが、壕が深くて進撃を阻止されてしまう。事前の偵察で壕の存在をたしかめており、付近で大量に穫れる高梁の束や土嚢を放りこむが、全く歯が立たずに終わる。

第9師団の旅団長——一戸兵衛少将が陣頭指揮し占領した一戸堡塁

外壕通過のため、組立式の橋を用いるが、ロシア軍からの銃砲火が激しく、渡って歩ける状態ではなかった。深さ七・五メートルの壕は、当時の日本兵の平均的身長の四・六倍に相当したことから、谷底も同然といった感じだった。

唯一、目覚しい戦果を挙げたのは、一戸兵衛少将の率いる、第9師団左翼隊である。この部隊は東鶏冠山東堡塁と北堡塁の中間に位置する、Π《ペー》堡塁の攻略を目標とした。

歩兵第35連隊第2大隊を中核とする攻撃隊は、盤龍山東堡塁の方角から進み、砲撃の支援の下に敵陣に肉迫、ついにΠ堡塁の一角を確保、ここにその西正面を占拠してしまう。

ところがロシア軍もこれを知ると、付近

の大鷲の巣——望台や盤龍山第一砲台から、猛烈な砲火を浴びせてきた。しかもП堡塁の他の部分に頑張るロシア将兵が、猛然と反撃を加えて奪回を企てる。

激戦を覚悟した歩兵第35連隊長の佐藤大佐は、機関銃二梃をП堡塁に運ばせ、ロシア軍守備隊の突撃に備えた。この判断はズバリ的中し、直後にロシア軍将兵二〇〇名が、決死の逆襲を試みる。だが日本軍の機関銃掃射が威力を発揮し、ロシア側の企図は完全に失敗をみた。

それが一段落すると、また砲撃が日本軍の占領している部分に、ピンポイントで降り注いでくる。このため防御陣地の構築も、同時に進める必要があった。兵員の増強も急いで実施された。

しかし二二三〇時のロシア軍の逆襲は、夜陰に乗じて接近されたことで、完全に先手をとられた恰好となる。三〇〇名からの兵力は勢いがあり、たちどころに日本軍は劣勢に立った。一部で後退が始まり、П堡塁失陥といった危機に直面した。

このとき大喚声とともに、一戸少将が自ら先頭に立つ歩兵第7連隊の一個中隊が到着、ロシア軍の突撃を喰い止めた。戦闘のなかの流れが一気に変化し、今度は日本軍が突撃に転じた。後退するロシア兵の背後に迫り、そのまま敵陣にと付け入りの恰好で突入したのだ。

П堡塁の一番標高のある部分へも、ロシア兵を追撃したまま進撃し、残っていた将兵に銃撃の間合いを与えなかった。軍刀を揮って一戸少将も部下たちと進んだ。かくして日付の改まる直前の二三四〇時、П堡塁は完全に日本軍が占領したのであった。

四〇代後半の少将は、起伏のあるこの戦場を縦横に駆け巡り、最前線で部下たちを督励したのである。ここにおける勝利の最大の殊勲者と評価され、以後このП堡塁は〈一戸堡塁〉と呼ばれるようになった。

東鶏冠山における戦闘は、ロシア軍の砲台や堡塁の配置がよく、相互支援のやりやすい戦場であった。このため事前の砲撃は念入りに実施したつもりだったが、それでもロシア軍将兵の戦意は衰えておらず、日本軍の突撃に即応してきたのだ。

二八センチ砲だと堡塁の防壁を貫通し、掘り起こした状態にまで痛めつけられる。ところが一五二ミリ砲以下だと、旅順要塞の防壁を完全に破壊できなかった。このため決定的に破壊したと思って突撃すると、内部に潜んだロシア軍将兵の反撃を喰らうという、従前と同じパターンの戦闘となった。

第11師団の右翼隊は、東鶏冠山北堡塁を攻撃するが、せっかく寸前までたどりつくものの、深い壕によって阻止され、そこを機関銃の掃射などで大損害を被った。それを突破したとしても、小銃による狙撃や手榴弾でやられてしまうのである。

第二堡塁を狙った左翼隊は、ロシア軍将兵の反撃などに遭い、一進一退の戦闘を繰りひろげた。ここでもまた機関銃によって大きな損害を被った。

第一堡塁に向かった中央隊は、初期の段階で第一堡塁を占拠するものの、付近一帯から集中攻撃を受け、突撃隊が孤立状態にと陥る。歩兵第12連隊長の新山大佐は、せっかく築いた橋頭堡を確保すべく、懸命に増援など支援態勢を整えようとした。けれど進捗ははかばかしくなかった。

隣接した東鶏冠山砲台を攻めた歩兵第12連隊の第1大隊は、滑り出しは上々で直ぐに砲台を占拠した。けれど試練はそれからで、猛烈な砲撃が集中され、死傷者がとてつもない速度で増えてゆく。指揮官の戦死も相次ぎ、ついに第1大隊は後退を余儀なくされた。大隊で無事だった者は、わずか二〇名足らずに減少していたのである。

この報告を受けた乃木希典大将は、第3軍司令官として攻撃続行、可及的速やかに攻略せよと、軍命令を発した。しかしながらこれは実体の伴っていないもので、攻城砲兵はもはや砲弾欠乏という状況に陥っていたのだ。

現地の戦闘の様子を全く理解していないも同然の、軍司令官と参謀長――そして幕僚たちは、物理的に無理な命令を出し続けてきたのであった。彼らは柳樹房の軍司令部から、地図と旅順要塞の遠景だけを眺め、作戦計画を立案していた。

流石に軍司令官命令を受けても、第1師団と第9師団は攻撃を実施しようとしなかった。これ以上の無理押しは、部隊から戦闘力を根こそぎ奪ってしまうためである。

しかしながら第11師団は、東鶏冠山北堡塁に対する突撃を、軍司令官の命令どおり実施した。これは砲兵の支援の下に、強引に堡塁への突入を企てた。

ロシア軍の反撃も激烈で、突入した歩兵第22連隊第2大隊の二個中隊は、砲火をはじめあらゆる攻撃を受けて堡塁寸前にて全滅してしまう。文字どおりの全滅であった。

第6章

第三回旅順総攻撃

「この期に及んでは、全力を二〇三高地に傾注、その周辺を占領確保すべきであろう」

と、伊地知幸介参謀長が再び自説を強く主張した。

海軍が沖合から観測した結果、二〇三高地を占領することによって、旅順港内のロシア旅順艦隊を一掃できる、との海軍側の主張と軌を一にしたものである。それだけに第3軍の幕僚たちの抵抗は極めて強かった。

第3軍の思惑

「正面を抜かねば！　松樹山から東鶏冠山にかけての、正面を奪取しない限り軍の面子が立たん」

一人の師団長が真っ向から反論する。海軍の要望を大本営が鵜呑みにし、それを第3軍にぶつけてきたのが、彼らにとって気に喰わなかったのである。ましてや海軍の主張する二〇三高地など、論外という雰囲気が支配していた。

師団長の下にいる参謀長たちも第1師団から第11師団まで、その意見は見事に一致した。将官クラスでは、彼らが多数を占めているので、自ら作戦会議の空気を支配してしまう。

「海軍はだ、バルティック艦隊との決戦前に二か月間、艦艇をドックに入れる時間が欲しいと望んでおる。一一月末がその期限だと連絡があった」

と、乃木希典大将は軍司令官として、大本営の意向を伝えた。

「海軍が何を言おうと、陸上での戦闘に口を出さないで欲しいものですな！」

「東洋一の要塞を正面攻撃で抜かずして、何が攻略と言えましょう」

「正面から抜かねば、これまで戦死した万余の英霊に申し訳が立ちませぬ」

「もう敵の手の内は判っております。次こそは必ず――」

そうした意見が相次ぐ。しかしながら旅団長――少将クラスでも、一体何人が最前線で激烈なロシア軍の銃砲火を浴びた経験を、これまで有していただろうか。たった一人――一戸兵衛少将だけである。一連の発言を胸張ってできる資格のあったのは、少将だけだったのだ。

他の者はすべて後方の待機壕、あるいは参謀長ともなると前線司令部にいて、戦況の変化を見守り、報告を受けていただけであった。それが軍司令部の会議においては、あたかも自らが戦場に在ったような発言をし、海軍への対抗意識や面子といった見地から、強気の発言を繰りかえしたのである。

会議の場においては、古来から慎重論より積極策の方が耳に心地よい。だから指揮官たちは強気の作戦を口にする。司令官たちもまたその例外ではなかった。

皮肉にも作戦会議の方向は、冒頭から二〇三高地を抜きで進められ、松樹山から東鶏冠山にかけての突撃によって、堡塁を占領するものとされてしまう。つまり第3軍のトップだけでなく、三人の師団長とその参謀長たちも、お粗末な思考回路しか持ち合せていなかった。ということを証明したのだった。

「進撃路、そして突撃陣地の整備は進んでいるのであろうか？」

部下たちの意向に押し切られた感のある乃木は、そのように師団長たちへと問いかける。最前線より遥かに離れている軍司令部から、それを知ることができるわけがなかった。

「着実に進んでおります。我が方にはこれまでの豊富な経験があるので、それを十二分に活かして工事しているところです」

と、一人の師団参謀長が胸を張って応える。

「敵もまた経験を重ねておる」

伊地知が言葉を挟んだ。自らの考えがまたも否定され、あまり機嫌がよくない。師団参謀長たちに、冷水を一斗までゆかないものの、一升くらい浴びせてやろうと考えた。

「精神力が違います、少将閣下」

「どういった具合にか？」

「最後の頑張りがです」

「ロシア兵も頑張ったぞ。だからこそ抜けぬのだ」

「敵は限界でして。前回あたりから疲れが見える、との報告を再三再四にわたり受けておりますが」

そうした返答があった。抽象的な精神論の話になると、軍司令官の独壇場なので、伊地知はそれ以上その話題を続けない。

「砲撃にはやはり限界が。最後は肉弾戦でないと、旅順は決して抜けません。突撃に次ぐ突撃――ですから兵力の補充が勝敗の鍵となります」

と、また別の参謀長が突撃至上を強調してきた。

迎撃準備

地面に耳を当て静かにしていると、胸の鼓動に混じってコツコツという音が聞こえてくる。それは地下から規則正しく、あたかも時でも刻むかのように、脈搏より遅いペースで響いていた。

また別の箇所からも、やはりしている気がした。ロマン・コンドラチェンコ少将は、それが地下でトンネルを掘っている音だと、直に気づいて前方の斜面を見渡す。

「ロマン・イシドーロウィチ、何か起こりましたか？」

と、彼の参謀長――エフゲニイ・ナウメンコ中佐が問いかけた。

「地下鉄《メトロ》の工事だ」

「何ですって？」

「ヤポンスキーの工兵《サペル》が、何かしでかすつもりらしい」

「トンネルをひたすらに掘って、旅順の市街地まで行くつもりでは？」

「それは冗談かね？」

「そうです。正確なところでは、二〇サージェニ（約四〇メートル）程度前方、と思われますが……」

「この正面のヤポンスキーは三〇サージェニくらいまで、突撃路を掘り進んできているから、そこから地下へ潜るつもりか！」

「いきなり我が軍の陣地内に出現、白兵戦を展開するのでは？」

ナウメンコはそのように推測した。小柄な日本兵たちが数名の小集団を形成し、大柄なロシア兵相手に銃剣突撃を展開する、という光景を思い浮かべたのである。

驚くべきことには、しばしばロシア兵が圧倒されてしまい、突き伏せられていたのだ。

「それとも爆薬を仕掛けて、守備兵ごと吹っ飛ばすつもりだろう」

「何か対策を考えておきませんと」

「掘っているところに逆襲をかけて、坑道を爆破するのが一番いいだろう」

と、コンドラチェンコは具体的な対応策を述べた。

「こっちも対抗して」ナウメンコが別の案を出す。「坑道を掘り進んでは？」

「喰い違ったらくたびれ儲け、ということになる」

「かなり接近していたら、そうですね、一〇サージェニ以内になれば、そうは違わないと思われますが……」

「味方が先手を打てればいいが、後手を踏むとやられっ放しになる」

そうコンドラチェンコは考えた。日本軍の側に対抗した坑道があると覚《さと》られたら、早目に爆破してくるという危険性もあった。

「対抗坑道自体が後手ですが」

「それはそうだ。敵が最前線に機関銃《プレメート》を持ちこんだら、坑口を容易に奪回させないに違いない。そうなると――」

「トンネル《トゥンネリ》ですね、味方の損害を考えてみると」

と、ナウメンコは自分で結論を出す。

そのあいだにも規則正しいコツコツという音は、間断なく地面の下からしてきていた。心なしか先刻より近づいているような気さえしてくる。

――八方塞がりだ！

そのようにコンドラチェンコは呟いた。日本軍は一事が万事、ロシア軍のやることより緻密で、そしてソツがないのだ。ロシア軍兵士のなかには、半分くらい文字を読めない者がいた。"ОПаСНОСТЬ"（危険）と表示しておいても、誰か上官が説明してやらない限り、全く気にしないのが二人に一人はいるから、危なっかしい限りなのである。それに較べて日本兵の方は、一人残らず字が読めるという。

「別のところでも」守備兵を率いる下士官が言った。「やはり地下から音がします」

「トンネルをこっちからも掘って、妨害してやろうじゃないか」

と、コンドラチェンコはその下士官の肩をたたいて激励した。

再び要塞正面へ

日本軍には一一月後半、第7師団（弘前）が到着、直に第3軍の総予備隊とされた。これは歩兵第13旅団と第14旅団、それに騎兵第7連隊と野戦砲兵第7連隊などで編成されており、大山巌満洲軍総司令官の意向であった。

けれど広島の大本営においては、第3軍の拙劣な攻略作戦を指摘する声があり、いくら兵力を補充したとしても、徒に突撃させ損耗するのみと反対意見も強かった。つまり軍司令官を更迭しない限り、旅順攻略は困難という声が支配的になっていたのだ。

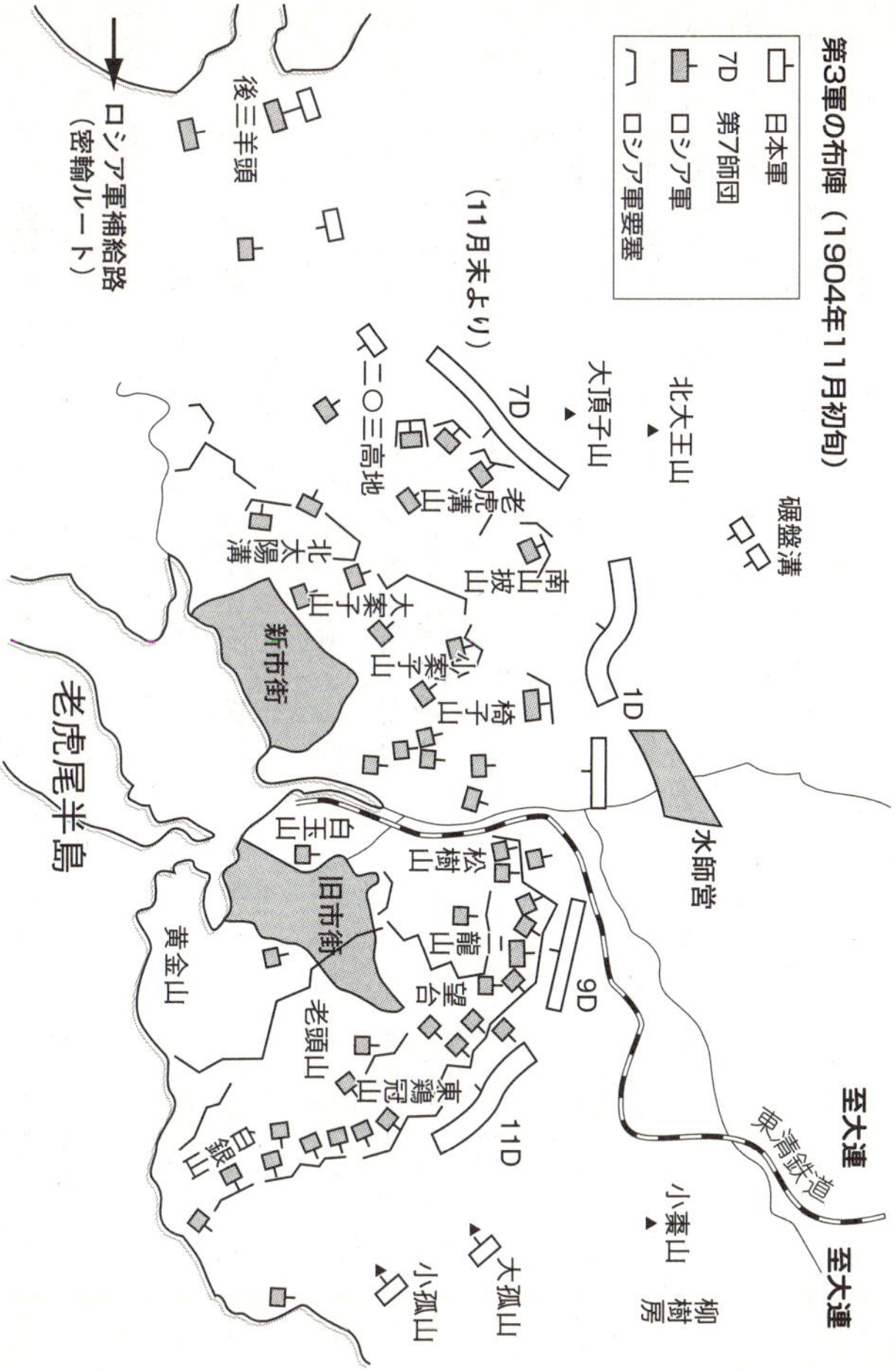
第3軍の布陣（1904年11月初旬）
日本軍
7D　第7師団
ロシア軍
ロシア軍要塞
（11月末より）
碾盤溝
北太王山
大頂子山
7D
二〇三高地
老虎溝山
南山披山
北太陽溝
大案子山
小案子山
椅子山
新市街
1D
水師営
白玉山
松樹山
旧市街
二龍山
望台
9D
老頭山
黄金山
東鶏冠山
11D
白銀山
東清鉄道
至大連
至大連
小東山
柳樹房
大孤山
小孤山
後三羊頭
ロシア軍補給路
（密輸ルート）
老虎尾半島

日本軍の進撃路などの工事は、攻撃準備のあいだに順調に進んでゆく。既にこの段階では、突撃拠点にたどりつくまで、部隊が大損害を被るという事態は、完全に避けられる備えになっていたのである。

同時にロシア軍の堅固な堡塁の下にトンネルを掘り進み、そこに爆薬を仕掛ける戦法も着々と準備されていた。突撃に次ぐ突撃という無理攻めだけでなく、わずかながら工夫が凝らされてきたのだ。

第三回総攻撃は、一一月二六日に実施されることとなった。第3軍は大本営の示唆した二〇三高地でなく、望台を奪取して旅順港を砲撃するつもりであった。

二三日一一〇〇時に、乃木軍司令官は以下のような命令を下して、要塞に対する正面攻撃に踏み切ろうとした。麾下の各師団長たちは、今度こそと相当の自信を持って、総攻撃に臨もうとしていた。

第1師団、第9師団、第11師団は、二六日一三〇〇時をして、松樹山、二龍山、東鶏冠山北の各堡塁、並びに二龍山から一戸堡塁までの間の要塞前面に向かって突撃、続いて松樹山堡塁南方高地から東鶏冠山砲台までの線を占領、という任務が与えられた。

野戦砲兵第2旅団は、二六日から砲撃を開始し、なかでも松樹山と二龍山の両堡塁への攻撃を支援せよ、と命令された。

ロシアの軍事公債募集ポスター
ロシア軍兵士の戦闘ぶりがよく判る

攻城砲兵は、攻撃の主目標たる各堡塁および要塞囲壁の破壊、それに望台一帯の砲台への攻撃を準備し、友軍部隊に対するロシア軍砲火の制圧。攻撃主目標への砲撃は二五日より、その他へは二六日から実施せよ、と命令が下った。

また軍の特別予備隊として、第1師団と第7師団から歩兵各一個連隊、第9師団から歩兵一個大隊と工兵一個小隊、第11師団から歩兵一個大隊を、二五日に水師営付近に集合させるものとした。この指揮は、歩兵第2旅団長の中村少将が執ることも、併せ発表されたのである。そして新着の第7師団は、軍の総予備となった。

この命令の内容は、従来と全く変化のない、砲撃と突撃だけのもので、漸進な工夫が皆無である。ロシア軍側に手の内を知られ尽した、無能な第3軍司令部の限界を物語っていた。意味を持たない精神主義と、面子へのこだわりがそうさせたと言えよう。

これ以外にも、それぞれ前面陣地に対し攻勢の姿勢を示し機会を捉えて陣地を奪取せよ、との項目があった。この命令が発表されて早くも六時間ほどのち、東鶏冠山砲台中腹において、中央隊が新山大佐に率いられ、攻撃を開始したのだ。

攻城砲兵の砲撃は少し早く始められており、皮肉なことにこれがロシア軍への警戒警報となった。暮れやすい晩秋の日没と同時に、攻撃部隊は急速に敵陣にと迫る。しかしながらロシア軍は攻撃を受けた地点に兵力を集中、終始にわたり優勢を保って戦いを展開してゆく。

日本軍が手榴弾を投擲すれば手榴弾、爆薬なら爆薬で応酬してくるため、それらの爆発で発生する硝煙により、戦場は全く視界がきかなくなった。だが時間の経過とともに、陣地に拠るロシア軍が優位に立ち、日本軍はせっかく確保した地歩を失ってしまう。

新山大佐は攻略を断念せず、再度突撃隊を編成して、突撃拠点の奪回にと進んだ。しかしながら月齢が悪く、日本軍の進撃してゆく斜面を、かなり満ちた明るい月が照らし、将兵の動きを浮き立たせたのである。

ロシア軍の機関銃の掃射は凄まじく、縦《よし》んばそれを潜り抜けたとしても、塹壕陣地にはモシン・ナガン小銃を手にしたロシア兵が、猛然と銃撃を加えてきた。この集中攻撃に、突撃隊の大半が斃れた。

いかに精神力を強調しようが、それは対等または実力が伯仲していて、初めて関係してくる問題だ。圧倒的に有利な敵に対しては、全く意味を持たないことが多い。このケースがそれであった。

ロシア軍は攻勢に転じ、突撃をただ単調に繰りかえす日本軍を、あたかも射撃訓練のように射ちまくった。最後の突撃は、二四日〇三〇〇時に終熄した。

小手先の戦術転換や机上の攻撃案では、もはや通用する段階でなかった。トップの頭をすげ替え、戦略的な面から改めて構築してゆくしか、第3軍には旅順攻略の道は残されていない。だが、彼らはまだそれに気づいていないのであった。

「あれだけの勇気が、我が軍の軍司令部にあれば……いや、半分でいい」

と、ロマン・コンドラチェンコ少将が小声で言った。

日本軍の夕刻から早朝にかけての、絶え間のない攻撃を観戦した直後である。薙ぎ倒されても薙ぎ倒されても、また突撃してくる将兵の勇気に、呆れかえっていたのだ。

「あんな能のない作戦を二度やったら、三度目の命令が出たとき、我が軍なら革命が起こるでしょう」

参謀長のエフゲニイ・ナウメンコ中佐は、囁くような小声で語りかける。大声だと日本軍に聞こえてしまうのと、同時にロシア軍の兵士たちに聞かれたくなかったためであった。

「革命か……本国の政府は、皇帝《ツァーリ》陛下は、現実を知っているのだろうか……？」

コンドラチェンコは暗い表情を見せる。彼のように下級の兵士たちにも親しく声をかける将軍は別だが、多くの高級将校たちには断絶があった。だから将軍クラスの間抜けぶりや失態の話が、一日で旅順要塞中を駆け巡るほどである。

「旅順が陥落したりすると、皇帝陛下の権威は地に墜ちるのでは？」

「そうあってはならんが……」

「それにしても日本軍の戦術は拙劣極まりありません」

と、ナウメンコは苦笑しながら話題を変えた。

「肉弾で要塞を抜ける、とでも思っているのだろう」

「そうとしか思えません」

「ノギは二流の下、いや、三流の軍司令官だ。もしコダマとかクロキがここにいたら、こうはいかなかったよ」

そのようにコンドラチェンコは感想を述べる。彼は赴任してくるとき、日本軍の将軍たちを研究してきていた。彼の得た多くの資料を分析すると、コダマとクロキが図抜けており、世界のどの国の陸軍においても、第一級の軍司令官という結論にたどりついていたのである。

「あんまりノギをやっつけ過ぎると、エースが出てきてしまいますね」

「そのとおりだ。更迭されないでいて欲しいよ、バルト艦隊の到着まで」

「ヴイソーカヤ砲台方面は、総攻撃の準備から外れているようです」

「莫迦だよ、全く。だが、我が軍はそれに救われている」

と、コンドラチェンコは本音を吐く。

また日本軍の砲撃が始まり、ザリーテルナヤ砲台——東鶏冠山砲台の周辺は、弾着の閃光が次から次へと煌く。硝煙が斜面をゆるやかに漂い、それがスクリーン効果を発揮して、閃光を増幅させ真昼のようにさせた。

突撃してくる日本兵の姿が、照明弾の下で黒いシルエットとなる。最後の壕から要塞までのあいだが、どうしても突っ切れずに、勇敢な者たちが屍を徒に積み重ねてゆく。ときおりわずかな風に乗って、焼かれた死体の発する凄まじい異臭が、少し離れたコンドラチェンコのいる地点まで届いた。

「ヤポンスキーたちは」ナウメンコが問いかける。「これで突破できると思ってるんでしょうか、本当に？」

「軍司令部や師団の上層部は、一部を除いてそう信じているんだろう」

「突撃してくる敵の将兵を、ときおり気の毒になることが……」

「それは我が軍も似ている」

「何故、ザリーテルナヤ方面だけなんでしょうか？」

と、ナウメンコは不意に疑問を投げかけてきた。

「私も不思議に思っている」

「陽動作戦ではありませんか？」

「ヴイソーカヤ方面に攻撃準備の動きはない。どう考えても今回の主攻撃は、第三砲台からザリーテルナヤ砲台だ」

コンドラチェンコは、松樹山から東鶏冠山にかけて、日本軍が熱心に補強工事を進めている、という報告を受けていた。だからそこが本命だと確信していたのである。

「将軍閣下」

一人の大尉が声をかけた。既にザリーテルナヤ砲台前面の戦闘は、散発的な交戦があるだけになった。

「何だね、大尉」

「劣悪な環境を少しでも何とかなりませんでしょうか。兵たちは皮膚病に悩まされ、歯茎からの出血で食物を噛めず、しかも食糧自体が不足しています。更には新鮮な飲料水も不十分でして――」

と、その大尉が部下たちのために要望を申し述べる。

「うむ……」

コンドラチェンコとナウメンコは、示し合せたように同時にそう唸った。たしかにそのとおりだからである。風呂に入る機会がこのところなく、その上に新鮮な果物や野菜を欠き、食糧も決して十分でなかったからだ。激戦が続くとたちどころに飲料水不足に陥るのは、彼らもこれまで再三にわたり目にしてきた。

「ぜひ改善をお願いしたいと思います」

「何とかしたい。飲料水の供給については、砲撃が始まるとたちまち停止してしまう。夏のあいだはともかく、この気温なら腐らないから、貯水槽などに貯えさせようじゃないか」

「ありがとう存じます」

大尉は踵を揃えて敬礼した。コンドラチェンコたちも答礼する。二人はそれから徒歩で斜面を下り、攻撃を受けていた砲台へと足を運んだ。

いつものように戦場には、あらゆる人間を不愉快にする異臭が漂っている。それを縫うようにして、彼らは被害状況を調べにかかった。暗闇のなかで呻き声が随所でした。

進捗ままならず

一一月二六日〇八〇〇時——。

攻城砲兵に所属する一八門の二八センチ砲が一斉に火を吐く。目標は松樹山、二龍山、そして東鶏冠山北の三堡塁が中心で、これが第三回総攻撃の口火となった。二時間半後に、今度はすべての大中口径砲が、火蓋を切ったのである。旅順要塞はたちまち白煙に包まれた。二八センチ砲弾の弾着が生じると、ひときわ大きく砂塵が舞い上がった。

この総攻撃の前日になって、第1師団の右翼隊は思いがけない指示を受けた。二六日の早朝までに後三羊頭高地のロシア軍前哨地を駆逐し、二〇三高地の攻略準備に入れ、というものであった。

これを担当するのは、後備歩兵第1連隊であり、指揮に当たる余語中佐が、部隊を率いて目標地点に向かう。後備歩兵第15連隊から一個中隊の増援を受け、二六日〇一〇〇時に攻撃を開始した。

地図上ではさしたる難所と思えなかったが、いざ攻撃予定地点にさしかかると、ロシア軍陣地の前面が嶮しいので、中佐は意外の感を受ける。このため攻撃に適した地点へ到達するまで、かなりの時間的ロスを生じたのだ。

こうした付け焼き刃のような作戦が、何故に実施されたか明らかでない。もし早い段階から綿密に準備していたら、また別の展開となっていたはずである。その時間は十二分にあったわけだから、思いつきと言われても抗弁できないだろう。

準備不足はいかんともしがたく、日本軍は陣地構築が不十分であり、ロシア軍の攻撃のため苦戦にと陥った。周辺の陣地からの砲撃や機関銃の掃射を受け、前進どころではなくなってしまう。その上にロシア軍は兵力を集中、力で圧倒してくる構えを見せた。

余語中佐の突撃隊は、ロシア軍陣地にもたどりつけず、谷を挟んで対峙するのみ、という結果に終わってしまう。事前の偵察もできていなかっただけに、当然の結果と言えたのである。

中央隊も二〇三高地に対して動くが、二〇三高地と老虎溝山への進撃路を掘る、といった程度で時間切れとなる。すべてが中途半端なのだ。

松樹山堡塁への攻撃は、今回の最重点目標だけに、砲兵隊の猛烈な支援砲撃が加えられ、六挺の機関銃もまた歩兵の突撃を掩護して火を吐く。砲撃は大いに威力を発揮した、と思われた。

砲撃開始後三時間にして、第1師団左翼隊の突撃隊が進む。爆破班がロシア軍の前哨点を爆破し、突撃班が手榴弾と小銃で応戦、かなりの地歩を得た。しかしながら主陣地のロシア軍将兵もまた一歩も退かず応戦する。

ここで銃撃戦と手榴弾による戦闘が続くが、小銃弾が尽きるという問題が生じた。膠着状態に陥っての銃撃戦を、全く計算していなかったのである。三〇年式小銃は五発を纏めたクリップから押しこむ恰好で装弾するが、そのクリップを一二個しか携行させていなかった。だから突撃の途中で激しい銃撃戦を展開したら最後、この程度の携行弾数では不足することが予想されたはずだ。

もし動作を機敏にさせるため、重量のかさむ弾薬類を少なくしたのなら、直ぐ後方に弾薬補充班を配置し、突発事態に即応できる態勢を整えておく必要がある。その配慮ができていないのは、明らかなミスとしか言いようがない。

このため突撃隊は応戦できず、致し方なくロシア軍陣地の前で、落ちている石を拾って、投石で戦ったのである。手榴弾も携行できる限界があるので、早い段階で使い切っていた。

突撃隊は目前の敵だけでなく、椅子山や小案子山の堡塁からも、絶えず銃撃や砲撃を浴びるという、悪条件下に置かれた。将兵の死傷も時間の経過とともに、著しく増加していったのだ。

二個小隊が増援のため派遣されたが、これまた周辺から銃火の集中によって、敵

松樹山堡塁の激戦の跡

前にたどりつくまでに多くが死傷してしまう。もはや攻撃続行が無理と判断され、突撃隊の撤収が最前線の指揮官により命じられた。

しかしながら松村師団長は激怒し、歩兵第2連隊長の渡辺大佐に対して、攻撃をあくまで続行するよう指示する。それと同時に歩兵第15連隊の二個中隊を、大佐の指揮下に編入させた。

他の師団の突撃隊が前進すれば、砲撃の射程を延ばすため猶予できない、というのが師団長の説明である。最後には全滅を賭して一気に堡塁内部へ突入せよ、という言葉で締め括られた。

渡辺大佐は命令とあって、二個中隊を相前後して前進させる。しかしながら松樹山堡塁は、増強されており堅固だった。その上に周辺の堡塁からも、猛烈な銃砲撃が加えられ、松樹山堡塁の目前で立往生してしまう。ついに攻撃は再度、失敗に終わった。

第1師団長はこの報告を受けると、三度目の攻撃を即座に命じる。渡辺大佐は突撃隊を二班編成し、堡塁の喉元と松樹山第四砲台を、一挙に攻略しようとした。ところがどちらも寸前にたどりついたとき、椅子山と案子山からの砲撃を浴びせられた。また正面のロシア軍陣地からも、機関銃が火を吐き小銃の斉射が加えられる。手榴弾が投擲され、足許では地雷が炸裂した。たちどころに死傷者が続出し、頭を上げられない状態に陥った。

第9師団の正面もまた、悪条件下の突撃を繰りひろげることとなる。その右翼隊は二龍山と盤龍山第三堡塁へと向かった。

支援砲撃はいつものように、攻撃目標へと集中される。歩兵第36連隊第1大隊の一個中隊は、一三〇〇時になったことで自動的に前進を命じられ、まだ完全に破壊されてない旧城壁——日清戦争時代のもの——へと突撃を敢行した。だが、ここでも潜んでいたロシア軍将兵が、姿を見せるが早いか斉射してくる。機関銃の掃射も凄まじく、斜面を進む日本兵を薙ぎ倒してゆく。中隊の残存兵力はわずか数名になっていた。

二龍山堡塁正面を攻めた歩兵第19連隊第1大隊は、外壁の破壊されている部分か

二龍山堡塁の外壕

ら堡塁内部へと突入する。二手に分かれた大隊は、外壕を占拠して前進したが、ここでも猛烈な反撃を喰らい、死傷者続出となった。指揮官を喪った兵士たちは、別の隊に合流して新たな指揮官を得ると、またその集団が突撃を企てた。

右翼隊を率いる平佐少将は、予備隊として歩兵第36連隊の二個中隊を、二龍山堡塁に増派することを決めた。続いて少将はこの連隊の第3大隊を、最前線への投入を併せ決意する。

突撃路を通って敵陣の目前へ出ると、外壕を越えてロシア軍陣地へと突入した。先頭が堡塁内部へと到達、たちまちロシア軍将兵と近接戦闘に入る。手榴弾が飛び交い、銃撃戦が展開された。だが、ここまでで膠着状態に陥った。

第9師団左翼隊は、Π《ペー》堡塁——一戸堡塁の攻略に成功した、あの一戸兵衛少将が率いており、盤龍山第一砲台から望台方面の攻略を目指す。

歩兵第7連隊と歩兵第35連隊は、どちらも二個大隊の兵力を有し、それ以外に工兵隊が編入されていた。けれどこの方面のロシア軍は増強著しく、猛烈な反撃に遭遇してしまう。ロシア軍将兵は標高差を利して、手榴弾を十二分に活用、また機関銃によって弾幕を張った。日本兵が斜面の下から手榴弾を投げるのと、投擲距離は倍くらいの差が生じ、しかも遮蔽の点でも条件が全く違った。かくしてここにおいても、火力は突撃を完全に制圧してしまう。

東鶏冠山方面の戦闘もまた、すべての突撃路において、圧倒的なロシア軍銃砲火の洗礼を受け、死傷者の山を築く。日本軍の攻撃は突破口へ爆薬や手榴弾を投げ入れ、それから突入してゆくものの、生き残ったロシア軍将兵の反撃も必死で、大きく進出した部隊は皆無となった。

ロシア軍の守備隊は、堡塁の破損状態などから、日本軍の突撃パターンを読み、そこに集中砲火を浴びせたのである。このため堡塁内部に突入に成功したとしても、そこで全員戦死のケースが続出した。

ここでも突撃を受けた堡塁は、周辺の砲弾から砲火を集中され、攻撃に参加した兵力の三分の一——はなはだしき場合は三分の二近くが死傷してしまう、という事態を招いたのである。いかに突撃する将兵に勇気があろうと、物理的な力には圧倒されていったのだ。

これは日本軍の砲撃が、依然として目標地点への支援の集中であるため、周辺の砲台や堡塁がそっくり無傷で残り、突撃の段階で反撃に出てくるという、初期の段階からの繰りかえしだったことに起因する。この事実に気づき、軍司令部に意見具申する高級将校が、驚いたことに一人もいなかったのであった。

東鶏冠山に対する攻撃は、あらゆる地点で全滅寸前の危機に陥っていた。なかには兵力の損耗著しく攻撃拠点を脅かされる、という拠点まで出てくる始末である。

乃木希典軍司令官は、この総攻撃のさなか柳樹房の軍司令部を出て、鳳凰山において指揮していた。これまでの攻撃と較べて、かなり前方から督戦したことになる。

しかしながらそれでも戦局は好転しなかった。最前線からの報告は、いつもより早く大将の許に届いたが、内容は厳しいものばかりだった。突撃隊はすべて揃いも揃って追い落とされ、全滅やそれに近い損害を被った隊が続出してゆく。

「駄目か！」

と、軍司令官は失望して思わず声を洩らす。

「駄目です。このままでは……」

参謀長の伊地知幸介少将は、表情を硬くして応えた。彼としては二〇三高地への攻撃を主張しながら、幕僚たちの総反発で採用されなかった蟠《わだかま》りが強く残っている。

その二〇三高地を第1師団が中途半端に攻め、たちどころに撃退されたことも、参謀長として抵抗があった。一気に大規模な作戦を展開しないから、ロシア軍側に警告を与えてやる結果を生じていたのである。

「中村の特別予備隊を投入しよう、松樹山の第四砲台方面で――」

乃木が再度、賭けに出ようとの意思表示をした。けれどこの日の二の舞いになる危険性が大きく、成功の公算など参謀長の目からでも全く見られなかった。

「それなら二〇三高地を！」

「軍の総意は正面から抜くことだ」

「特別予備隊は貴重です。兵力の面でもはや我が第3軍は底を尽いております」

「内地からの補充を頼みとしよう。現在の兵力で攻撃を続行せねばならん」

「ええ……」

と、伊地知は思わず絶句してしまう。

大本営においては既に、旅順へいくら兵力を増強しても、乃木はたちまち損耗してしまうではないか、との声が支配的であった。このため第3軍からの矢の催促も、まともに考慮されなくなっていたのだ。

同時に軍司令官更迭の声は依然として根強く、乃木続投を支持していたのは、明治天皇とその意を汲む大山巌満洲軍総司令官だけ、といった状況になっていたのである。

大本営にいる参謀総長の山県有朋元帥からは、乃木に対して厳しい内容をほのめかした私信が届き、それが大将の心理状態を追い詰めていた。中村少将の特別予備隊の投入決意は、その焦りの一端と考えられた。

チフスの流行

旅順市内はチフスが発生していた。衛生状態が芳しくない上に、栄養の偏りなどといった、あらゆる悪条件が重なっているため、ロシア軍将兵のあいだで広がりつつある。

もしチフスだと診断されたら、老虎尾半島のチフス患者専用病院に収容され、仲間たちと完全に隔離した状態に置かれた。それ以外にも多くが壊血病に罹り、少なからぬ赤痢患者もいた。

「壊血病が問題だ、今やコレラや赤痢と同様に——」

と、ロマン・コンドラチェンコ少将が表情を歪める。

「それに毎日、確実に重軽傷者が増えているよ」

ワシリイ・ベールイ少将が、やはり暗い顔をして返答した。最前線の将兵にとって、日増しに条件が悪くなるのだから、当然と言えば当然であった。

「そして戦死者も」

「この調子だと食糧も直に限界だろう。ロマン・イシドーロウィチ?」

「来年の一月一杯から二月初旬だ」

「それまでに援軍は来ないとなると、我が軍はお仕舞いか……」

「その前にヤポンスキーの砲弾《スナルヤード》が吹っ飛ばしてくれなければな」

コンドラチェンコはそんな言葉を口にする。無意識に口をついて出たのだ。喋ってしまってから苦笑を浮かべた。

「むしろその方が苦痛から解放されるって喜ぶ連中が、五〇〇や一〇〇〇じゃきかないだろう。誠に残念な話だが」

「ワシリイ・フョードロウィチ。実のところ私も壊血病らしい。歯茎から出血があるし、二本か三本、根元がグラグラする歯が――」

「きみもか……このところ新鮮な野菜が入ってこないからな、果物どころか……」

と、ベールイが心配そうに彼の顔を視た。

「冬に入っちまったから、空地で野菜を栽培というわけにもいかんし」

現在も当時の面影を留めているロマン・コンドラチェンコ少将の官邸

「ナデインの具合もよくない」
彼らは壊血病の対策として、大豆からモヤシを栽培することを知らなかった。もしその知識があったとしたら、旅順の戦況もまた少し変っていたかもしれない。
そこへコンドラチェンコの参謀長――エフゲニイ・ナウメンコ中佐がウラジミール・セミョーノフ大佐、イルマン大佐といった連中を案内してきた。コンドラチェンコの家は、旅順旧市街の外れにある。ここを訪れるのは、ステッセルの幕僚たちと海軍将校を除く、多くのロシア軍高級将校である。もちろん直属の部下は、シュワルツ大尉のような尉官クラスの者もいた。
彼らはたがいに情報を持ち寄り、それらを分析し合って、旅順の防衛に役立てようとする。やはり焦点はヴイソーカヤ山――

二〇三高地についてであった。もし、ここを失陥したら最後、一週間で旅順港の艦船が一掃されてしまう。という点でも意見は一致していたのだ。

いつしか外は吹雪になっている。一一月の旅順だから当然と言えば当然の天候だった。雪の粒がコツコツと窓ガラスをたたく。

「ところで諸君。ロジェストウェンスキーがバルト艦隊とやって来て、トーゴーに勝つと信じるかね?」

と、コンドラチェンコが極めて際どい質問を発した。

これをアナトリイ・ステッセル中将の前で口にしたら、烈火のごとく怒り狂うことが予想される。しかし彼は集まってくれているメンバーに対し、全幅の信頼を寄せていた。

「トーゴーが勝つね、ロマン・イシドーロウィチ。これは間違いなく」

ベールイが最年長者らしく、皆の言い難いことをズバリと断言した。言い終えて確信があるのか、二度三度と頷いた。

「私もトーゴーが完勝すると思います。ロジェストウェンスキーの艦隊は、敵の一艦か二艦を沈めているうちに、大半を海底に送りこまれるでしょう」

そのようにセミョーノフも、落着いた口調で語りかける。他の者たちも殆ど同じような意見を持っていた。

「ロジェストウェンスキーが勝つと信じてるのは、この要塞では軍司令官くらいだろう。恐らく」

と、ベールイは本当のことをあっさり言い放つ。

「それにしてもヤポンスキーの組織力。あの集団で発揮するエネルギーは、凄まじいものがあります」

ナウメンコが日本軍についての感じるところを述べた。それは誰もが感じているところである。ロシア兵と日本兵の違いは、将校や指揮する者が戦死したときだった。ロシア兵は呆然として戦いを忘れ、日本兵は生存者の最上級者が指揮を執るのだ。将校と下士官が全員戦死したとき、上等兵が中隊を指揮して戦い続けた、という記録もあった。

「それは」コンドラチェンコが徐《おもむろ》に説明をする。「義務教育の違いだ」

「ヤポンスキーは皆、読み書きができます。だが、我が軍は……」

そうシュワルツが指摘した。この要塞ではドイツ系の将校の評判が悪いが、彼だけはコンドラチェンコの信頼を得ている。

「そのとおりだ、大尉。政府は国民の教育程度が高くなると、反政府の思想を抱くようになる、と警戒している。自分たちの政策に自信がないんだろう」

と、コンドラチェンコが珍しく政治の話をした。

「兵士たちの教育水準を上げねば、我が軍はヤポンスキーに敗北するだろう。二人に一人、字が読めないなんて、ナポレオン時代の軍隊じゃないんだ！」

ベールイは情けなさそうな顔を見せる。そんな表情をしたときの彼は、いかにも年寄りじみて見えた。

彼らは全員が揃って、これから日本軍の総攻撃が、また幾日も続くと思っている。ザリーテルナヤ砲台にせよヴイソーカヤ砲台にせよ、それらの方面が一つでも大きく突破されたら最後、日本軍に負けると確信していた。

白襷隊の攻撃

松樹山第四砲台付近のロシア軍陣地を占拠して根拠地を設け、勇猛果敢に前進の上、楊家屯南方高地要塞の一角を奪い、もし可能なら白玉山を攻略、不可能な際は占拠した陣地を死守し、味方部隊の来援を待つ、というのが特別予備隊に対する命令であった。これまで旅順要塞の堡塁一つにも苦しんできた日本軍が、この作戦計画をやり遂げられると、本当に信じただろうか――。

乃木希典軍司令官は、この夢のような突入作戦をやらせようとしていた。これは水師営方面から進撃し、東からの東清鉄道が南へと大きく方向を変えた地点より、一気に線路に沿って突入する、という作戦である。白玉山というのは旅順旧市街を見下ろす、その西側に位置する山だった。

中村少将は三〇〇〇名の将兵を率いて、秘かに水師営東溝付近に到着する。夜間戦闘になることから、敵との識別を容易にし同士討ちを避けるため、入間川合戦の故事から学んで、全員に白襷《しろだすき》をかけさせることにしていた。このため以後、この部隊は〈白襷隊〉と呼ばれるようになった。

うっすらと大地を覆う雪を踏んで、白襷隊は集合地点に整列する。前方の小学校の朝礼台のような台上に、軍帽に赤筋——将軍を意味する——の入った小柄な将官が、痛々しい感じで立っていた。これが軍司令官の乃木希典大将であった。

——こんな老人だったのか、乃木大将とは！

そういった印象を抱く将兵もいる。とりわけ新たに到着していた弘前の第7師団に所属する者たちは、これまで軍司令官を目にする機会がなかったことで、そのように思ったたに違いない。

だが、乃木はこのとき五五歳だ。人によってはまだ老けこむ年齢ではなかったが、誰の目にも憔悴し切った感じがし、七〇歳近い老人に見えたはずである。

私が少年時代に知っていた人は、乃木大将と戦場で会ったことがあったが、やはり六〇代後半に思えたと語ってくれた。小柄で痩せており痛々しい感じさえした、との思い出話が記憶に残っている。

さて台の上で乃木は、あたかも学校の校長のような調子で、中村少将以下に訓示した。今回の使命の重要さを強調、全員の奮闘を要請したのであった。

一一月二六日一八〇〇時――。

白襷隊は進発する。左手前方に松樹山の黒い影を座標とし、第1師団の選抜隊を先頭に進んでいった。満月をやや過ぎた遅い月の出だが、いったん東の空に姿を見せたら最後、明け方まで中天に輝く。皮肉にもこの日は上空が晴れ渡っているから、愚図愚図できない事情がある。

先頭隊は松樹山第四砲台に接近、有刺鉄線の切断に入るが思うに任せない。このため中途から時間切れとなり、秘かに敵陣の至近に迫る戦法を断念、強引な突撃にと移った。二個大隊が並んでロシア軍陣地へ殺到、たちまち銃撃戦が展開された。当初は驚いたロシア軍将兵も、一段落すると冷静に反撃を加え、手榴弾を大量に投擲してくる。しかも堡塁内には地雷が多数、敷設してあった。これによって攻撃の足が完全に停止した。

一度も偵察していない未知の戦場だけに、後続部隊には道を間違えるものが続出、暗闇を右往左往する部隊まで出た。すべてが準備不足で付け焼き刃的な作戦行動である。このような無謀な作戦の成功するわけがなかったのだ。

第1師団の突撃隊は死傷多数となり、続いて増援に駆けつけた歩兵第12連隊の一個大隊、それに歩兵第35連隊からの二個小隊も、たちまち損害を受けていった。敢えて突撃したものの歯が立たずに終わる。

あまりにも拙劣な作戦は、徒に三〇〇〇の将兵の生命を危険に直面させ、多くを死傷させた惨敗となった。ロシア軍陣地深く進んだ部隊も、手榴弾が尽きると同時に、ただ防戦のみに追われてゆく。

白玉山への突入どころか、入口の松樹山第四砲台で早くも躓《つまず》いたことを知り、乃木軍司令官は天を仰ぐ。その視線の先に右側の少し欠けた、それでもまだかなり明るい月があった。

「退却を命じてくれ」

と、大将は消え入るような声でそう幕僚に命じた。

水師営東溝で白襷隊を見送った乃木は、自らの無策を知りつつも、またしても突撃に頼り失敗したのである。だが、彼には別の戦術がなかった。

もはやどうしてよいか万策も尽き知恵も枯れ果てようとしていたのだ。乃木は歩兵第1連隊長時代、演習で児玉源太郎の率いる歩兵第2連隊と対抗演習をやり、中央突破され惨敗したことを思い出す。「乃木は戦さが下手だからな！」という、児玉の言葉が昨日言われたように記憶から甦ってきた。

——児玉なら一体全体、どうやるんだろうか？

柳樹房の軍司令部に戻る途上、乃木は馬上でそんなことを考えた。背後から照らす月が一行の姿を照らす。そうした姿は敗軍の将と幕僚たちそのものだった。誰も彼もが無言である。参謀長の説く二〇三高地攻撃案を押し切っての失敗だけに、軍司令官と幕僚たちの敗北感はひとしおであった。

イチノヘに気をつけろ

「ノギは一体全体、何を考えているんだろう?」

と、ロマン・コンドラチェンコが疑問を投げかけた。

三〇〇〇名からの日本軍の集団が、松樹山の第四砲台を攻撃した、という報告を聞いたからである。どういった意図でそこを狙ってきたのか、理解に苦しんだのだ。唯一考えられるのは、東清鉄道の線路に沿って、旅順旧市街への突入しかなかった。それが物理的に不可能なことは、実際に戦場で戦ったことのある者にとって常識と言える。

「ノギは発狂したのでは……?」

彼の参謀長――エフゲニイ・ナウメンコ中佐が、やはり不思議そうに語った。最初にそれを知ったとき、二人は思わずヴイソーカヤ方面ではないかと、北西へ馬首を向けたほどである。

「打つ術《て》がなくなって自暴自棄に陥ったのではないだろうか」

「これでノギは更迭でしょう」

「そしてヴイソーカヤが主戦場になる、というわけだ」

コンドラチェンコは軍司令官の更迭によって、日本軍の戦術が劇的に変更される、と読んでいた。これまでの戦術展開自体が、常識で測りかねるものだったから、以後は手強いと覚悟を固めた。

「あそこにイチノへ少将が現れたら、我が軍の苦戦は疑いないでしょう」

と、ナウメンコは最悪の事態を想定して述べた。

「イチノへか……この戦場にいる最も優れたヤポンスキーの将軍だ」

「あの勇気と決断力は、ヴイソーカヤで最大に発揮されると思います。そうならないよう祈りたいですね」

「ヤポンスキーたちは」コンドラチェンコが穏やかに言った。「そういった人事異動をしないものだが」

「面子《プレスティーズ》を重んじますからね。それだとありがたい」

「それにしても武士道というものは、我らが理解の外にあります」

ナウメンコはレールの外された、東清鉄道の土手を一瞥し、そのように語りかける。枕木もまた防御陣地構築のため、運ばれてしまっており、わずかに幅三メートルルほどの砕石の帯が続くだけだ。

「ノギは主流派だが、イチノヘは完全に外様だ。陽の当たる場所に立つことはないだろう、恐らく」

と、コンドラチェンコは敵将の人事についてそう分析した。

彼自身はロシア人ではなく、ずっと南部の黒海に面したグルジア出身のウクライナ人である。父親も軍人だったが、三〇年間ロシア軍に勤務して、やっと少尉になれた程度だ。けれど彼は才能を認められ、工兵大学を卒業し参謀本部など要職を歴任した、という経歴の持主であった。

ロシアではユダヤ人への偏見が根強いが、それ以外の人種差別はあまりない。これはやはり一三世紀の時点で、チンギスハーンに全土を占領された、という歴史が影響していると言えた。

「コダマも主流派です」

「チョーシュウか……」

「サツマとチョーシュウが、すべてを握っていますから」

「サツマがオオヤマやトーゴー。チョーシュウがヤマガタ、コダマ、ノギだな」

「やはり一八六八年の内戦のせいなんでしょうね」

と、ナウメンコはそう分析して言った。

「だからイチノへのように優れた将軍が、そのとき敵側だったことから脚光を浴びる舞台に立てない。我が軍にとって歓迎すべき傾向だがね」

二人はやがて松樹山に近づく。ロシア軍の騎兵が三〇騎ほど、警戒に当たっていた。山という呼称だが、高地か大きな丘程度しかない。そこに構築されたロシア軍の陣地では、忙しそうに兵士たちが動き回っている。

更に進むと第四砲台に近づいてきた。山腹にまだ収容されていない、日本軍将兵の戦死体が目につく。すべて白い襷を×字に掛けており、決死隊だったことが一目瞭然であった。

児玉源太郎、現れる

勝負を賭けた白襷隊の失敗に、軍司令官乃木希典大将は落胆し、柳樹房の軍司令部に籠っていた。八方塞がりの状況に陥っており、幕僚たちも頭を抱えてしまった。

そこへ煙台（営口）の満洲軍総司令部から、総参謀長の児玉源太郎大将が旅順に着く。もちろん第３軍の拙い戦いぶりに内心業を煮やしていた、総司令官の大山巌元帥が派遣したものである。

「どうかな、戦況は？」

と、厳しい表情の児玉が開口一番、そのように声をかけた。

「うむ……意の如くならん」

「そうか。ところでこの軍司令部だが、ここにいて戦況が把握できるのか？」

「…………」

その指摘に乃木は沈黙する。幕僚たちが設営したものを、全く意見を述べることなく、入っていたためであった。たしかに不便を感じることはあった。

「こんな後方にいては、戦場の空気も全く伝わってこんだろう。水師営あたりまで、せめて出ないか！」

怒気を含んだ児玉の言葉に、乃木はかえすべき返答が見当たらず、ただ赤面するのみであった。軍司令部が後方にあり過ぎるとの指摘は、臆病という意味にも解釈できたから、武人として屈辱ものだと言える。

「伊地知に指示しよう」

「それとだ」児玉は更に続けた。「何故に海軍から指摘された二〇三高地を攻めんのか、主攻撃として？」

「軍のなかの意見は、松樹山から東鶏冠山にかけての正面を抜く、というのが圧倒的だからな……」

と、乃木は言い難そうに応える。

猛砲撃を加えている28センチ榴弾砲
227キログラムの榴弾を８キロメートル以上彼方まで飛ばした

「攻め落せんではないか！」

「次こそは――」

「一体、どれほど兵員を損耗させたら気がすむんだ？」

「兵力の増援が十分にあらば、必ず正面攻撃にて抜いてみせる」

「おぬしはいつまでも戦さが下手じゃのう。まあ見ておれ。二〇三高地を主攻撃とし、二八センチ砲を全部その方面に集中して使用する」

「そういった威力ある兵器は師団長たちに公平に配置せねば！」

「そんな間の抜けたことを言っていたら、絶対に旅順は陥落せんぞ。だから戦さが下手だと言っているのだ」

　身長五尺――一五〇センチそこそこの児玉が、乃木にとってとてつもなく大きく見えた。作戦立案に関して発想そのものが違っているのだ。

「そういったものか……」

「至急、各師団長と参謀長を呼べ。参謀会議を儂《わし》の名で招集する」

と、児玉は厳しい口調で総参謀長の権限を行使した。

参謀会議における児玉は、二〇三高地を主たる攻撃目標とする、という断固たる決意を表明し、二八センチ榴弾砲の目標をここに集中すべしと告げた。

また参謀長たちから出た、せっかく目標地点に到達しても、周辺の砲台や堡塁からの相互支援により、有利な戦況をたびたび逆転されたとの報告に対しては、周辺への目標地点同様の砲撃を指示する。

一部の師団長や参謀長から、二〇三高地以外の攻撃中止という命令に対し、続行の要請が出された。攻撃を継続する構えでロシア軍を牽制するだけでなく、機を見て攻撃も可として欲しいとの要望である。

「何のためか、それは?」

児玉は発言した者たちに詰問した。彼らは要塞正面を担当しており、夏からずっと攻撃に参加していたのだ。

「それでは面子が立ちません、総参謀長閣下!」

と、一人がそのように強く主張してきた。

「面子で戦争をするのかね？」

「武人としての名誉です」

「それを保つための時間を、八月後半から三か月以上、きみたちにやってきた。だが、陥ちておらんではないか――」

その言葉に面子にこだわった者たちは沈黙してしまった。一番衝撃を受けたのは、軍司令官たる乃木であるのは言うまでもない。

反面、再三にわたり二〇三高地攻略を主張してきた第3軍参謀長――伊地知幸介は、我が意を得たりとただ一人下を向かず正面を視ていた。

兵力増強

二〇三高地への日本軍の軽微な攻撃が撃退された直後、ロシア軍の側では次の焦点が何処になるのか、真剣に意見が交わされていた。松樹山から東鶏冠山――すなわちロシア風に言うなら第三砲台からザリーテルナヤ砲台にかけて、日本軍はまだ固執するのか否かが、最大のポイントとなっているのだ。

「もうここしかない。ヤポンスキーの動きが慌ただしい、今朝は特別に」

と、ロマン・コンドラチェンコがそう指摘した。

「たしかに。トロッコでの輸送がいつもより頻繁です」

彼の参謀長――エフゲニイ・ナウメンコ中佐が、ずっと観察していた結果を告げる。集まっていたワシリイ・ベールイ少将や大佐クラス数人が頷く。

「爆薬をヴイソーカヤ山方面に集中しているんだろう」

ベールイがそう推測してくる。誰もが最も危惧していた点だ。それをやられたら最後、旅順要塞の防備も大きく変ってしまうからである。

「海軍さんに任せたらどうでしょう。あの地点は旅順港の運命を握っている場所ですので、当然と思いますが」

一人の佐官クラスの将校が、そんな発言をし始めた。けれど他の者がそれをすかさず否定し、全軍の運命だと言い直す。

「そのとおりだ、水兵だけではいかん。陸軍も一致団結して守備せねば――」

と、ベールイがロシア軍全体のものとして考えるべく、皆を纏めようと心がける。

「守備兵の損耗が激しくなるだろう」コンドラチェンコが語りかけた。「そのためにも補充兵力――予備を常に待機させねば！」

日本軍の二八センチ榴弾砲が到着して以来、堡塁や塹壕に兵力を集中しておくと、一挙に一〇〇名前後が死傷するため、各人の間隔をあけ人数を減らしていた。それでも一発が直撃すると、一〇名から二〇名を確実に死傷させ、堡塁や陣地を破

旅順港の側から見上げる二〇三高地
ロシア軍兵士たちが補充のため送りこまれてゆくが、彼らの殆どは無事で帰ることはなかった

壊したのである。

「消耗戦だな」

「そう、どちらの側も……」

ベールイとコンドラチェンコが、大きく相前後して溜息をつく。将来の見通しの全く立たない、言うならば絶望的な戦いであった。

「予備兵力が尽きてきた」

ベールイが最も頭痛の種であることに触れる。外部からの増援がもう期待できない以上、何処から割いてくるかが問題だった。

「病院にいる連中のなかから、治りかけた者を退院させよう。一万五〇〇〇いるわけだから、二〇パーセントでも三〇〇〇の兵力が生じる」

と、コンドラチェンコが兵員補充源を病

院に求める。

「多少何か問題があっても、欠けている点を他の者が補ってやればいい」

「ヤポンスキーが塚内に突入してきたら、そのときはそれまでだろう」

「その前に撃退せねば――」

「病院に直撃弾を喰らって、そこで死ぬより遙かに男らしい」

「病院のベッドでヤポンスキーの銃剣で刺殺されるのでは浮かばれまい。まずは志願させるべきだね」

二人の将軍は意見が一致した。この方法が確定すれば、時間の経過は兵員補充の味方となるのだ。

そこに集まっている彼らは、もう軍司令官のアナトリイ・ステッセル中将や第4師団長のアレクサンドル・フォーク中将といった、弱気の将たちを相手にしていなかった。それならむしろ佐官クラスの方が、期待できるというものである。

「それにしても第三砲台を攻撃したのは、何だったんでしょう？」

と、ナウメンコが思い出したように皆に問いかけた。

「ノギがついに発狂したのか、一か八かの大勝負に出たんだろう」

コンドラチェンコが苦笑する。ときおり日本軍は考えられない戦法を採るので、これまでも面喰らうことが多かった。けれど今回は特別である。

ロシア軍の使用した各種の砲
手前のものは砲身に直撃弾を受け破壊されている

「ノギが更迭され、より強力な軍司令官が就任する。これが一番、困るね」

　そのベールイの言葉が、この場の空気を代弁していた。これまで幾度か話題になってきたが、それが俄に現実のものとなりつつあった。

「コダマのような気がする……」

　そのようにコンドラチェンコが言った。直観的にそう閃いたのである。別にこれといった理由はなかった。しかしながら劇的に方針が変更されるとしたら、そうした高官である可能性が大きい。

　それから彼らはまた自分たちの受け持つ戦区へと戻ってゆく。回復した患者たちの復帰については、直にその手続をナウメンコが進め始めた。

集中砲撃

水師営方面から二〇三高地正面まで、攻城砲兵の二八センチ榴弾砲が火を吐く。射程内にあるこの砲すべてが、二〇三高地目がけて砲撃を開始した。一発二二七キログラムを有する榴弾が、二七日だけでも八〇〇発を数えたのだ。

この威力は抜群で、二〇三高地のロシア軍将兵は、恐慌状態にと陥った。生死はただ運だけが分けるため、彼らは壕内でひたすら祈ったが、それに関係なく砲弾は無作為に降り注いでくる。

ロシア軍の陣地のベトンや鉄の掩蓋、あるいは兵器や人体の一部が、土砂に混じって舞い上がった。文字どおり地獄のような状態が現出したのである。それでも粘り強いスラヴ民族は耐えに耐え、決して拠点を放棄しようとしなかった。

歩兵の突撃は暗くなってから、次第に出撃位置に就く。一八〇〇時にほぼ着陣を終了すると、一九四〇時から前進が開始された。そのまま進撃を続け、ロシア軍の前哨点を奪取、ゆるやかな斜面を山頂にと向かう。

この様子に気づいたロシア軍は、砲撃が下火になったのを幸いと、山頂に機関銃を運び掃射を開始した。付近のロシア軍陣地――老虎溝山、二〇三高地北部、老鉄山、大劉家屯などが、呼応して掩護射撃にと入る。

二〇三高地の鞍部。両側に2つの山頂があった

これが日本軍の突撃隊を、二〇三高地の山腹から一掃してゆく。途中まで耐えたが死傷者著しく、ついに後退を強いられた。この後備歩兵第15連隊の攻撃は、かくして撃退されて終わる。

一方の歩兵第1連隊は二個大隊を二〇三高地北東と老虎溝山に、歩兵第15連隊は一個大隊を化頭溝山西方に、それぞれ進撃させてゆく。これらの部隊に対しても、周辺から激しく銃砲火が集中された。このため死傷者が続出するが、一部が攻撃目標の前面にたどりつき、そこを確保に入っていった。それ以上の地歩を占めることは、第一段階で無理と判断されたからであった。

砲撃の効果は十二分に確認されたものの、いざ突撃してみるとロシア軍の戦闘力は、いささかも衰えていない。これには日本軍の側が驚く。ロシア軍が適時、補充をしていたのが判らなかったからである。

だから破壊され一兵もいないと思われた敵陣で、ロシア軍将兵の集団の反撃に遭うと、どうしても先手を奪われていった。近接戦闘に入ると、投擲する手榴弾の量が違う。そうして撃退されることが再三にわたった。

砲撃は夜を徹した。第1師団としては、何としても自分たちの手で、という気概で攻撃続行する。師団長村松中将は二八日に入ると、師団予備隊をここに投入し、勝負を賭けることを決意し、後備歩兵第38連隊の第2大隊を右翼隊に加えた。

再び二八センチ榴弾砲が、まるで二〇三高地を掘りかえすかのごとく、巨弾を連続して浴びせた。明るくなる頃には、二〇三高地のロシア軍陣地の破壊が、かなり進んでいるのを確認できた。

そこで歩兵が進撃すると、またしても地から湧いてきたかのごとく、ロシア兵が出てきて銃撃を加える。すべて同じことの繰りかえしとなった。

後備歩兵第15連隊の二個大隊は、そうした反撃を縫って突撃し、周辺の部隊も掩護射撃で支援を与える。ついに一隊が山頂に到達、そこでロシア軍将兵と激しい白兵戦に入った。まずこの守備隊を斃し、山頂西南の一角の占領に成功する。

ロシア軍側もここを譲るわけにゆかなかった。南斜面に隠しておいた予備隊を、このときとばかり投入してくる。死傷者を多数出した上に疲労している日本軍将兵

二〇三高地攻防戦（1904年11月末日）

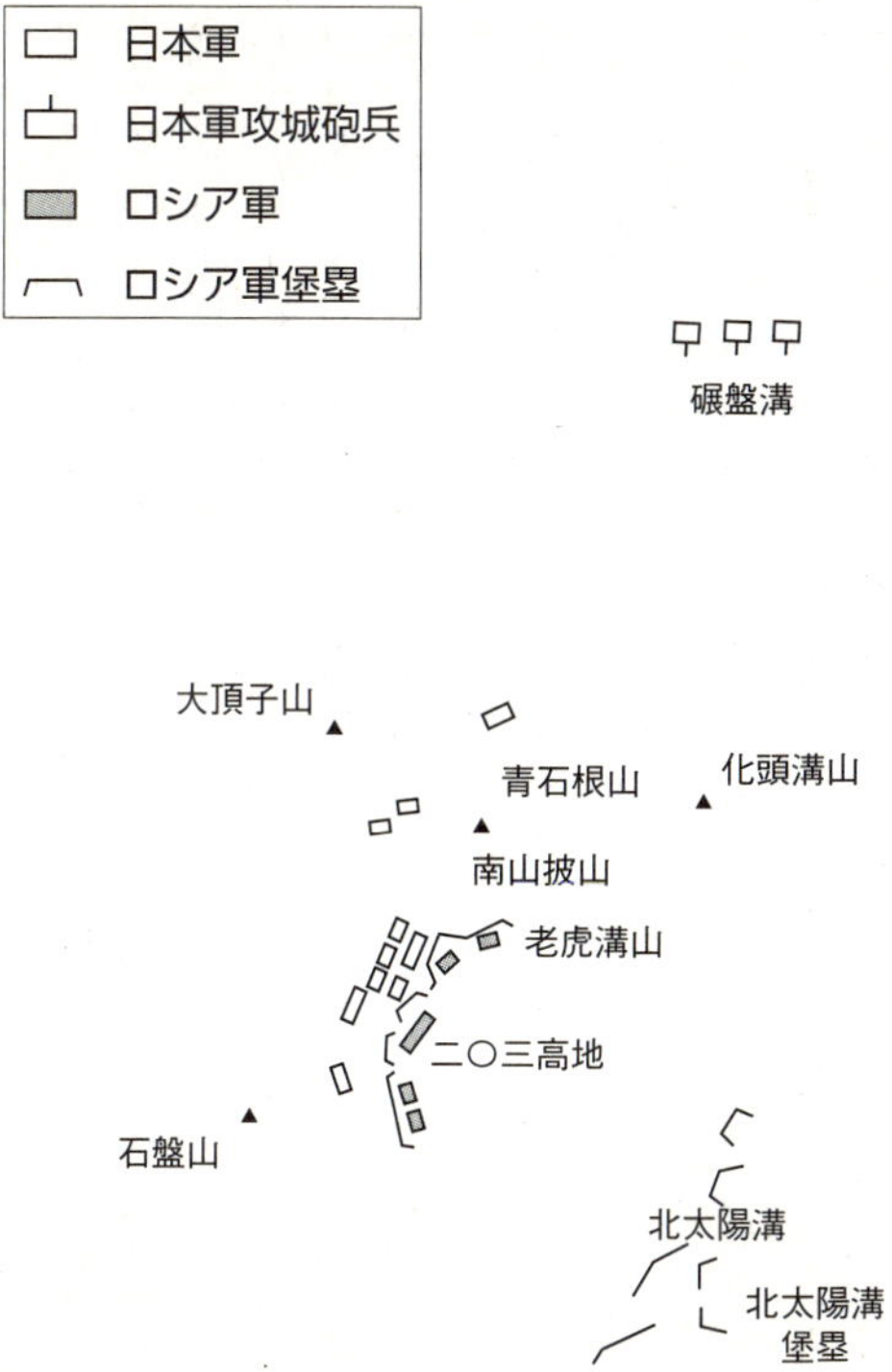

に対し、新たに出現したロシア軍将兵は疲労しておらず、この差が決定的なものとなった。

日本軍の突撃隊はじりじりと後退、せっかくいったん確保した山頂を、ついに追い落とされ始める。第1師団右翼隊を率いる友安少将はここを勝負所と見做し、後備歩兵第38連隊第2大隊を投入、またしても山頂へと突撃を命じた。

師団長もまた、軍総予備隊からの歩兵第26連隊第2大隊を、中央隊に参加させて突撃を命じる。歩兵第1連隊と歩兵第15連隊の一部は、一三四〇時に突撃を開始、二〇三高地山頂を目指す。けれどロシア軍の銃砲火のために、目標に到達以前で殆どが死傷してしまう。

日本軍も砲兵の支援を再開、その下で突撃を繰りひろげたものの、一時的に占領した山頂から撃退された。指揮官の戦死も相次ぎ、中隊を伍長や上等兵が率いる事態も生じ、中隊の生き残りが二〇名以下、という部隊も続出した。

その程度の、しかも将校のいない小集団が、辛うじて敵前の拠点を確保している。彼らは防戦するのと同時に、防御拠点としての工事を施した。そこがロシア軍に奪取されると、また突撃隊は一からやり直しになるからであった。

ステッセルの迷い

「ヴイソーカヤは我が軍の予備兵力をすべて吸収し、そして殺してしまっている。もう放棄すべきだろう」

と、アレクサンドル・フォーク中将が自説を声高く主張した。

軍司令官アナトリイ・ステッセル中将の司令部は、将官たちを中心にして集まり、今後の作戦展開を議論していた。

「ヴイソーカヤを放棄したら、内線で防備せねばならない。ヤポンスキーに自由自在に港内の艦船を砲撃されてしまう」

ロマン・コンドラチェンコが、顔を真っ赤にして、自分より階級が上のフォークに対し怒鳴りつける。ヴイソーカヤ山――二〇三高地の戦略的価値を、全く認識していないからであった。

「海軍には港外へ出ていってもらえばいいじゃないか」

こともなげにフォークが言い放つ。一五歳も年少のコンドラチェンコを、何か莫迦にしたような語りくちだった。

「海軍の砲と弾薬が、そして水兵たちが、今や我が軍の重要な戦力になっている。それを引き抜いたらどうなるか、そんな認識もできていないのか！」

と、コンドラチェンコは真っ向から反論を加える。

「おい、きみたち……待ちたまえ」

ステッセルが二人のあいだに割って入った。司令官同士の喧嘩は、部下たちに悪い影響を与えるから、との考えによる。

そこへ日本軍の砲撃が、あたかも見計ったように、旅順の旧市街へと落下してきた。衝撃波が窓ガラスをピリピリと震動させ、爆発音もほぼ同時に聞こえた。連続して数発、弾着が生じた。ステッセルとフォークが動揺を見せ、視線が落ち着かなくなる。

「ロマン・イシドーロウィチ。きみは部下たちを死地に追いやり、それで自己満足しているだけじゃないか――」

「何だと、自己満足だと？」

「英雄的に最後まで戦った、という経歴に一ページを加えたいだけなんだ。一将功成って万骨枯る、の典型じゃないか！」

と、フォークはもう戦意を喪失したようなことを言い始めた。

「祖国のために、私は戦っている」

「祖国と私、と言い直したまえ」

「勇気を失った老いぼれは何を抜かすか。軍法会議にかけるべきですぞ、アナトリイ・ミハイロウィチ」

そのコンドラチェンコの言葉に、話を向けられたステッセルは慌てた。二人とも感情的になっていたからだ。

「止めるんだ、ロマン・イシドーロウィチ。一緒に戦う仲間じゃないか」

「仲間ですと、軍司令官？」

「同じロシア軍の将官として、ヤポンスキーと戦う仲間だ」

「戦意喪失した者が仲間でしょうか？」

コンドラチェンコは、全く最前線に出てこないため軍服の綺麗な、二人の将軍を交互に見ながら問いかけた。それは侍従武官長――ステッセルへの当てつけでもある。

砲弾が一発、少し飛び過ぎて港内に落下し、大きな水柱を立てた。それが海からの風に乗って、雨のように旧市街へ降ってきた。

「ヴイソーカヤを保持していても、敵の巨弾はこうして飛来してくるじゃないか！」

と、ステッセルは弱気を洩らす。

「そうですぞ、アナトリイ・ミハイロウィチ。将来ある若者たちを無駄に殺してはいけません」

そのようにフォークは、軍司令官の弱気に拍車をかけた。もう防備の限界に達した、という表情を見せている。

「それなら何故」コンドラチェンコがまた怒った。「ノギと開城の交渉を早くしなかったんですか？」

「まだ時期でなかった……」

ステッセルはそう言葉を濁す。決断がつかず愚図愚図しているうちに、時期を失しただけの話であった。

「ヤポンスキーには〈橙武者《だいだいむしゃ》〉という言葉がありまして、見かけ倒しの戦士のことを言います」

「うむ……」

コンドラチェンコの言葉が自分を指したのに気づき、フォークは反論できず絶句してしまった。

「ヴイソーカヤでは兵力を必要としています。一兵でも多くを」

と、コンドラチェンコはステッセルにそう依頼した。

「またか？」

「では、閣下。現地をご視察ください。激しく味方は戦っておりますので」

「ヴイソーカヤ方面はどうもな、ウエラ・アレクセーエヴナが反対するものだから」

ステッセルは本音を吐く。ステッセル夫人は危険な堡塁や砲台へ夫が足を運ぶの

工兵隊が進撃路の作業を進める

を、厳しくチェックし反対したのだ。サンクト＝ペテルブルクへ無事に帰還し、侍従武官長夫人として宮廷に出入りしたかったからである。

「では、足を運ばなくとも結構です。ただし予備兵力を一兵でも多く――」

それだけ言い終えると、コンドラチェンコは敬礼し、くるりと踵をかえして帰ってゆく。この日も激戦の続いている、ヴイソーカヤ砲台を視察するつもりだった。

やれやれといった表情で、ステッセルは溜息をつく。それを真似したような感じで、フォークもまたつられて溜息を洩らした。また一発二発と、旅順旧市街に弾着が生じた。

このときヴイソーカヤ山の狭い山頂付近には、五〇〇名余りの守備隊が頑張っていた。隣の老虎溝山には、その倍近い一〇〇〇名足らずが、絶望的な戦いを続けていたのであった。

突撃に次ぐ突撃

満洲軍総司令官の大山巌元帥は、一一月二八日の夕刻、第3軍司令官の乃木希典大将に対して、「旅順攻略が焦眉の任務」との訓示を打電した。一歩も退けない状態に追いこまれた乃木は、軍総予備隊の第7師団の投入と、第9師団や第11師団からの増援も視野に入れ、二〇三高地攻略に当たることを決意する。

ここに第7師団が初めて前面に立つことになったのだ。第1師団の兵力が激減していたため、第7師団長の大迫中将が、この統合した部隊の指揮を執ることとなった。大迫中将は攻撃目標を、二〇三高地と老虎溝山の二つに絞り、同時攻撃を決めた。

突撃の時期については決定を先送りにし、二九日夜に入ってから指示を出し、翌三〇日一〇〇〇時を期して決行としたのである。もちろん支援砲撃を含め、準備行動は即時開始となった。

二八センチ榴弾砲は、三〇日〇六〇〇時から開始される。これは専ら二〇三高地に集中され、二時間後には他の大中口径砲もすべて砲撃に参加した。

攻撃目標の二〇三高地と老虎溝山は、あたかも噴火が始まったような様相を呈し、爆煙と砂塵が中天高く舞い上がって、陽光を一切遮るほどであった。重い土は真下にと降り、軽い小粒の砂は風に流され少し遠くへと降下したので、空中にスクリーンが出現する。だが、その下にいるロシア軍将兵は地獄のような時間となった。

歩兵第28連隊は、定刻一〇〇〇時を期して突撃を開始し、二〇三高地北東部の占領を狙った。これに対して壕深く潜んでいた生き残りのロシア軍将兵が、配置に就くが早いか反撃に転じてきたのである。

機関銃が掃射し小銃の斉射が実施されている状態で、斜面における全身を露出した突撃など、まず目標にたどりつけるわけがない。そこで前進不可能と判断された部隊は、遮蔽物に避け無人の壕に身を隠し、ひたすら暗くなるのを待った。

二〇三高地北東の山頂付近は、そうして四〇〇名ほどの日本軍将兵が待機し、突撃の機会を窺っていた。それに気づいたロシア軍守備隊は、南斜面にいた予備兵力を投入、一気に高地からの追い落しを企てる。

機関銃掃射を加えて銃撃を封じると、突撃しながら手榴弾の投擲が始まった。日本軍将兵は手榴弾と弾薬の補充ができておらず、反撃も思うに任せない状況に追いこまれる。もはや銃剣による白兵戦では、物理的に対抗できなくなっていた。激戦ののちついに山頂の一角から、日本軍将兵は撤退した。二人の大隊長が戦死し、多数の死傷者を出した挙句である。

もちろん奪回は幾度か試みられた。だが火力差と標高差を克服できず、そのたび少なからぬ死傷者を出しては退却していった。夜通しの突撃はすべて失敗に帰し、明け方に山麓まで後退する惨敗を喫したのだ。

歩兵第26連隊、後備歩兵第15・第16連隊もまた、二〇三高地西南の頂上を目がけ、歩兵第28連隊より一時間遅く、突撃を敢行していたのである。この方面もまた激烈な砲撃を受けた上、機関銃の掃射と小銃の斉射という、ロシア軍からの全く同じ反撃を受けた。

ここでもやはり砲撃のさなか、ロシア軍将兵は掩蔽壕の奥深く潜んでおり、直撃を喰らった拠点以外殆ど支障なく、迎撃のため位置に就いたのだ。しかも南斜面の予備兵力を補充したりして、戦闘力を整えていた。かくして明るいあいだの攻撃は無理と判断されたのであった。

日没後に北東部への攻撃が再開されると、西南部への攻撃もまた始まり、二〇〇〇時に突撃が実施される。ロシア軍の猛烈な射撃をかい潜り、一部がついに山頂へと到達した。多大な損害を出し、激戦の末の成果である。徹底抗戦を命じられていたロシア軍将兵は、白兵戦によって全滅してしまった。

日本軍もまた、戦闘能力を有した将兵が一〇〇名程度となり、大規模な逆襲に耐えられない状態となっていた。けれど奪取した陣地を補強、防戦の準備を整えてゆく。

その北東の老虎溝山に対する攻撃もまた、一一月三〇日を期して開始されており、突撃してロシア軍拠点の一部を奪取しては、逆襲で奪回されるという、一進一退の戦闘を繰りひろげていた。

一二月に入ってからも、ロシア軍の頑強な抵抗は続き、二〇三高地の戦況も全く好転しない。山頂付近では膠着状態に入りつつあった。

ロシア軍将兵もまた、死傷が多数に上っており、また連日の戦闘の連続で疲労もその極に達していた。戦死するか重傷を負うまで、戦うことを義務づけられていたのである。

両軍の将兵は、いつ敵の突撃があるか判らず、少し頭を上げれば敵弾が飛来し、更には強烈な殺傷力を有する砲弾が降ってきた。あまり距離が近いと、それ以外にも手榴弾や爆薬が投げつけられた。しかも一二月の寒さが襲ってくる。

そうした厳しい条件下で、二〇三高地の頂上近くや山腹にへばりついた日本軍将兵は、ひたすら前進の機会を狙った。だが、依然として膠着状態が続いていた。

悪魔の挽肉機

ヴイソーカヤ山——二〇三高地の南の斜面を、ロシア軍の頂上陣地への補充兵たちが登ってゆく。頂上付近には絶えることなく、日本軍の砲撃が浴びせられていた。その北斜面にはロシア軍の砲撃という、凄まじい戦闘が展開されていたのだ。

陸軍の白い軍服の者だけでなく、水兵の姿も少なくなかった。陸戦隊の将兵は早くから投入されていたが、水兵も攻防戦の後半になって、地上戦闘に参加していたのである。白兵戦の訓練など一度として受けたことのない水兵が、最後の予備兵力となって進んでいった。

旅順市の官吏や民間の志願兵、病院を強制に近い恰好で退院させられた負傷者もまた、小銃を手に指揮官の命令を待つ。また一発、二八センチ榴弾が頂上で炸裂、周辺一帯の空気を激しく震動した。地面があたかも大地震のようにグラグラと揺らいだ。

斜面の下の方にも、数珠繋ぎのようになって、補充兵の列が連なっていた。包帯をした者とか松葉杖姿の者まで含まれており、戦える者がもうこれ切りであることを、無言で物語っている。

補充兵たちは頂上への道の両側に、不吉なものを見てしまう。それは夥しい数のロシア軍将兵の戦死体であった。白い軍服だから血の痕がはっきり判る。だがそうして四肢が残っている者はまだ倖せで、たいていは砲弾でボロ屑のようになっていて、爆風で首の吹っ飛んだものも少なくない。

「俺たちも直にああなるわけか！」

と、一人の機関水兵が蒼白な顔で語りかけてくる。

「あの砲撃の下で生き残れるとは思えねえな、とても」

「朋友《ドルーグ》が三日前に登っていったが、恐らくもう生きちゃいないだろう……」

そんな会話が交わされた。まともな野戦の指揮官などいないから、誰もそれを注意する者など見当らなかった。

「ヴイソーカヤは巨大な悪魔の挽肉機だ。俺たちは単なる肉の塊さ！」

別の一人が自嘲的に言うと、他の者たちは「悪魔の挽肉機」という言葉の響きに、恐怖を感じたのか沈黙してしまう。そのとき山頂を越えた一発の砲弾が、戦死体を並べた地点で炸裂した。次の瞬間、人間の頭が手足がそして胴体が、補充兵たちの上に降り注ぐ。それは地獄であった。

「あの死体を何故、登坂路近くに置いておくのか！」

と、新市街とヴイソーカヤの中間あたりから見ていたロマン・コンドラチェンコが激怒する。

歴戦の将兵ならともかく、艦船の機関兵や市庁の事務職たちが、死体を横に見てどう思うか、その配慮不足を怒ったのである。士気に係わるだけに、彼も真剣だった。

「他所に置いていたんですが、もう場所がなくなってしまったようで」

彼の参謀長――エフゲニイ・ナウメンコ中佐が、説明を受けたばかりの内容を、そっくり受け売りする。

「そうか……」

「補充兵はこれが最後でしょう、まともな者たちは。あとはチフス患者まで駆り出しませんと」

「伝染病患者はいかん。ヤポンスキーと戦う前に味方を倒してしまう」

「ステッセルの幕僚たちを、小銃を持たしてヴイソーカヤに投入しては？」

と、ナウメンコが軍司令官を呼び捨てにし、精一杯の皮肉を言った。

「いや、駄目だ」コンドラチェンコも皮肉で応じる。「敵を見たら真っ先に逃げ出すから味方に連鎖反応を招く」

「そうでしたな、忘れてました」

二人は会話を交わしながらも、まるで野戦病院に向かっているような行列を、じっと見守っていた。

また砲弾が落下してくる。急行列車が眼前を通過してゆくような、凄まじい唸りが頭上で生じた。ヴイソーカヤ山に向かっていた行列が、道路の両脇に分かれて一斉に伏せる。立っているのはコンドラチェンコとナウメンコの二人だけであった。

かなり離れた旧市街に弾着が生じ、黒煙が建物の屋根の高さを越えて空へと向かう。火事が発生したらしく、黒煙がまた新たに下から生じてきた。

「何を考えているのかね?」

と、コンドラチェンコが訊く。

「あなたと同じことです。ロマン・イシドーロウィチ!」

「それは偶然だ。ステッセルの軍司令部に命中しないかと、きみも願っていたとは!」

「ついでにフォークも巻き添えにならないかと——」

「ピッタリ一致するね」

二人はそれから馬首を並べ、北太陽溝の砲台と堡塁群の視察に出かける。その線が戦場になったときは、旅順要塞の生命に終わりを告げている。それを承知でステッセルの命令に従っていたのだ。

風に乗ってヴイソーカヤ山の方から、喚声が聞こえたような気がした。コンドラチェンコは死に向かって歩いている行列を、またちらりと一瞥した。

最後の突撃

二〇三高地への攻撃は、もはや損耗著しい第1師団でなく第7師団にと、主役の座が移り変っていた。そこで第7師団の大迫師団長は、二〇三高地攻撃隊を指揮してきた友安少将を、自分の部下の旅団長である斎藤少将にと交代させた。第7師団の師団司令部としては、これまでの戦闘を分析した結果、二〇三高地西南山頂へは到達できるとし、ここに橋頭堡を築く作戦を立案する。そこから二〇三高地の山頂全体へと、占領地域を拡大してゆく腹だった。

攻撃は一二月五日に開始される。突撃開始の〇九〇〇時までに、攻城砲兵などは夜明けから、猛烈な砲撃にと移った。二〇三高地と老虎溝山は、殆ど掘りかえされてしまうかのごとき、凄まじい勢いで砲弾が落下してゆく。周辺の砲台もまた、重要な目標となっていた。

〇九一五時に突撃が開始されると、またしても地から湧き出たように、ロシア軍の銃砲火が浴びせられてくる。日本軍の突撃はかなりの死傷者を生じるが、ついに二〇三高地西南へたどりつき、ロシア軍の機関銃の掃射や小銃の斉射をかい潜り、そこに拠点を構築していった。

ロシア軍将兵も必死に反撃を加える。二〇三高地の失陥はすなわち旅順要塞の命脈の終わり、ということを十二分に認識していたのであった。彼らもまた最悪の条件下で戦い続けていた。

これまでの日本軍の攻撃は、いったん山頂の一角を占拠しても、後続がなく弾薬切れなどで追い落とされた。その教訓を活かした大迫師団長は、速やかに増援部隊を送り続ける。胸突八丁で苦しいときは、敵もまた苦しいと考えたのであった。

西南山頂を占拠した日本軍将兵は、敵の反撃を警戒しつつも、壕を修復するなどの作業を同時進行し、二〇三高地全体の占領の拠点にするつもりだった。

二〇三高地北東部山頂への攻撃は、歩兵第28連隊が中心となる。この突撃隊は西南山頂から進発すると、山頂西部へと進出、ロシア軍の注意を引きつけた。

このとき北東山頂方面にいた、歩兵第25連隊は呼応して行動を起こし、ついに北東山頂一帯を完全に占拠してしまう。これによって日本軍は俄然、優位を占めるに至った。

二〇三高地には二つの頂点があり、それらの中間の鞍部にロシア軍は堅固な陣地を有していた。ここから出撃しての反撃が予想されるため、大迫師団長は早い段階での完全占領を命じた。

歩兵第25連隊長渡辺大佐は、増援部隊の到着と同時に攻撃を実施、機関銃などの火力で圧倒した上、銃剣突撃にてロシア軍守備兵を全滅させた。かくして二〇三高地は夕闇のなか、全山の占領が完了したのである。

しかしながらロシア軍の反撃――夜襲が考えられたため、今度は防禦陣地の構築が待っていた。敵陣に突撃してきたばかりの兵士たちまで、崩れた土嚢を積み上げたり、防備作業に参加したのだ。

二〇三高地の南端から東南の方角を眺めると、夜目にも白く輝く旅順港が一望にできた。旅順の新市街はまだ灯火管制がされておらず、灯が揺らいでいるのが認められた。よく見ると港内の艦船もまた、灯火を点けているのが判った。

――なるほど海軍が二〇三高地に固執するわけか！

もし軍司令官乃木希典大将がその場にいたら、そう呟くはずであった。それほど見事な眺望だったのだ。

二〇三高地占領の報告は、水師営に進出していた軍司令部に届く。これを知った満洲軍総参謀長――児玉源太郎大将は、自分の役目は終わったと、また往きと同様に列車で総司令部に帰っていった。

乃木は拍子抜けしたかのように、軍司令官の部屋で坐っていた。旅順に先立つ金州での戦闘で長男勝典大尉、そしてこの旅順で次男保典中尉を、ともに戦死させている。また自らの麾下の将兵四万以上を、旅順攻撃によって死傷させたのである。

しかも自分の手に負いかね、一一月二七日以降の戦闘について、児玉に指揮権を

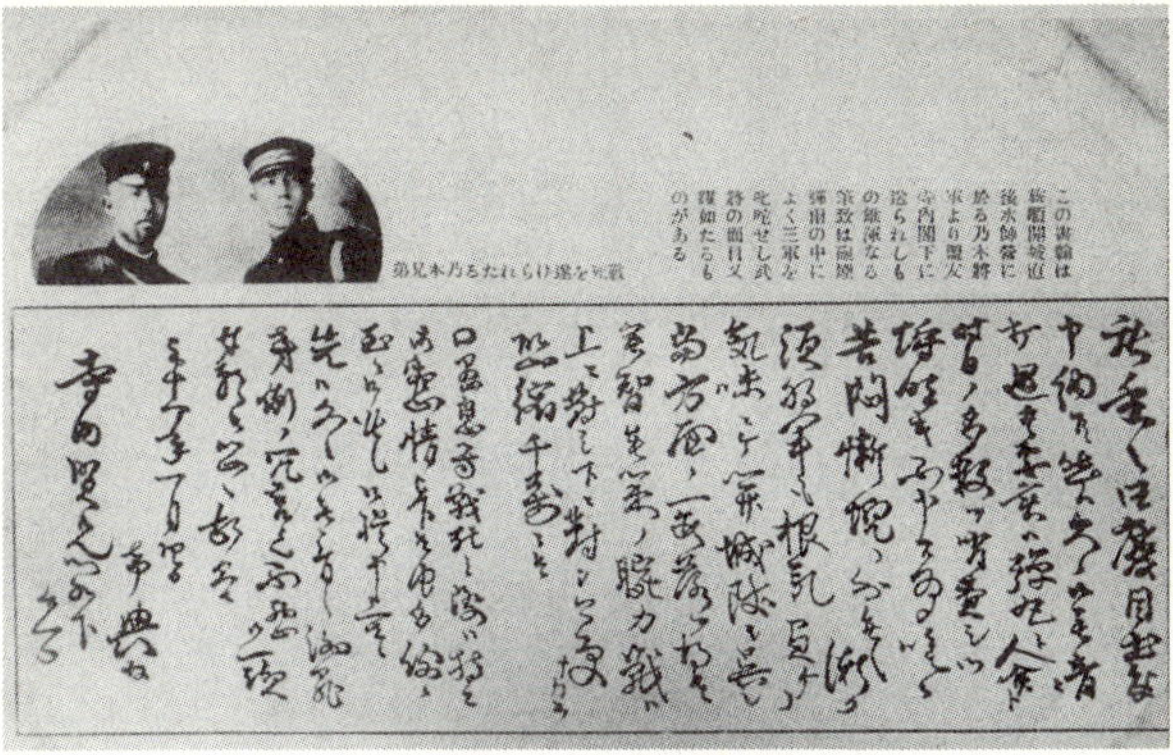

乃木希典大将は2人の息子——勝典大尉と保典中尉を、
それぞれ金州と旅順で戦死させた

委ねての勝利だった。軍司令官としての無能さを、痛感させられただけと言えた。

「閣下。今後の作戦展開について、各師団長からの要望が」

と、参謀長の伊地知幸介少将が、呆然としている乃木に声をかける。

暫くのあいだ、呆然自失の軍司令官は、参謀長の呼びかけに気がつかなかった。全く別の世界に没頭していたかのようであった。

伊地知はそんな上官を視て、ただでも小柄な軍司令官が、この一週間ほどでまた小さくなったと思う。頭髪も顎鬚もまた外部に降り積った雪のように真っ白だった。

第7章 開城

内輪揉め

「ヴィソーカヤが陥落したと！」

と、ロマン・コンドラチェンコ少将が叫び声を発した。

双眼鏡を手にする。彼は第二堡塁――東鶏冠山北砲台で、この方面の防備を視察しているさなかであった。ヴィソーカヤ山――二〇三高地はそこから丁度真西に当たるため、夕方の陽射しにより視界を遮られる。どうもはっきり判らなかった。

「確実だそうです。もはや反撃のための予備兵力も底を尽き、どうやら放棄を決定したようでして」

彼の参謀長――エフゲニイ・ナウメンコ中佐は、悲痛な表情でそのように告げる。少将の失望が痛いほど判った。

「旅順艦隊は結局、坐して沈むのを待つことになるわけか……」

「明日にでもなれば、ヴィソーカヤを着弾観測所として、ヤポンスキーは砲撃を加えてくるでしょう」

「どうせなら一刻も早く、一門でも多くの砲を、一発でも多くの砲弾を、陸揚げしてもらいたいものだ」

「軍司令部――ステッセル周辺では、もうそんなことを考えますまい。慌てふためめ

東鶏冠山のロシア軍堡塁内部

東鶏冠山北堡塁の掩蔽。直撃弾を何発も受けている

いているだけです」

と、ナウメンコはもう二度と、軍司令官に敬称を付して呼んでいない。

「フォークは部下たちを犠牲にしないとの美名の下、降服を提案してくるだろう。ステッセルがそれに賛成したらお仕舞いだ」

コンドラチェンコは、そう運ばれることを最も危惧した。そのような展開になったら最後、これまで戦ってきたことがすべて無意味になる、と彼は考えていた。

「軍司令部に足を運ばれては？」

「そうするか。ここより少なくとも情報は入りやすい」

そう言ってコンドラチェンコは、最後にもう一度、眼下の斜面に視線を投げた。日本軍将兵は、もう真下まで接近しており、いつ突入してきてもおかしくない。しかしながらヴイソーカヤ山が陥落したことで、攻めてこない確率が高いのでは、とも考えていた。

――再び降服勧告があるだろう。その受諾を何としてでも阻止せねば！

コンドラチェンコは馬上で考え続ける。日本側はもう勝ったも同然、と見做しているはずだからだ。

ときおり思い出したように砲声が響く以外、旅順一帯は恐ろしいほど静まりかえる瞬間があった。何一つ物音のない世界に入りこんだような、そんな錯覚に陥ってしまう。ふと彼は少年時代、貧しいグルジアで送った生活を思い出した。それと較べたら現在の苦労など何でもないと、自然に微笑がこぼれる。

「何か成算が、ロマン・イシドーロウィチには？」

と、ナウメンコが二人だけなので、親しく話しかけてきた。

「いや、別にない。最後まで戦うだけだよ」

「旅順新市街までは、丘があるだけですからね」

「でも、戦わねばならぬ。私たちは軍人だから……」

二人は会話を続けた。ゆるやかな坂道を下ると、前方右手に小高い白玉山が大きくなってくる。その直下に旅順旧市街があった。

アナトリイ・ステッセル中将の軍司令部は、いつもより人の出入りが激しい。要塞電話が日本軍の砲撃により、不通になった堡塁からの伝令も見受けられた。

コンドラチェンコたちが入ってゆくと、ステッセルは何故か不在だった。その参謀長――ヴィクトル・レイス大佐がいた。一緒に弱気派の代表的存在――アレクサンドル・フォーク中将がおり、もう旅順要塞の開城の時期を話し合っている。

それに対して強気派のコサック出身のワシリイ・ベールイ少将が反論し、徹底抗戦を主張し続けてきた。彼はコンドラチェンコを視て喜ぶ。

更に要塞司令官のスミルノフ中将が加わり、いろいろな意見が出始めた。誰もが

卑怯者になりたくないから、ストレートに「降服」という言葉を出さない。ただしステッセルの意を汲むレイスだけが、

「人命が急激に喪われていっています」

と、人道的見地を強調する発言をした。

「そう、人命がな……」

フォークがそれに和す。弱気派の主張の背景には、ヴイソーカヤ山——二〇三高地での死傷者の急増にあった。治療中の患者まで繰り上げ退院させられ、そのまま最前線に送りこまれ、死傷するのを批判しているのだ。

「これは戦争ですぞ。演習をしているのと話が違う」

ベールイが怒った。コサックとグルジア人が組んで、ドイツ人とロシア人と戦っている、という雰囲気になってくる。

「そうだ、弾薬が尽きたら銃剣がある。一日でも一時間でも長く、旅順要塞を保持するのが、我らの使命ですぞ」

コンドラチェンコがベールイに賛成した。白兵戦で戦うことを意味したので、スミルノフが表情を歪める。フォークも同じだ。

「ところでロマン・イシドーロウィチ。貴官の力を入れている、ザリーテルナヤ砲台の状況はどうかね？」

と、フォークが話題を変えた。

「目前にヤポンスキーが迫っていますよ。こうしているあいだにも、もしかしたら突入されてしまっているかも……」

「心細い話だ。そのたびに人命が――」

軍人から人道主義者にいつの頃か転向したフォークは、やたら「人命《ジンニ》」という言葉を口にしてくる。

「私はザリーテルナヤ砲台を死守させる」コンドラチェンコが反論した。「だから皆さんは第四堡塁の線を守備していただきたい」

「………」

スミルノフとフォークは沈黙する。第四堡塁とは内線の椅子山である。彼らにはもはや戦意が見受けられなかった。ステッセルも同じ考えと思われた。

「アナトリイ・ミハイロウィチは、ヴイソーカヤ山から撤退しろ、と主張しておられた。内線防禦が可能だと、この私にはっきりおっしゃられたのだからね」

コンドラチェンコはそう述べて、レイスに厭味をぶつける。この大佐は侍従武官長の腰巾着で、ステッセルの都合が悪くなると代弁者として、こうして出てくるからであった。

「ザリーテルナヤ砲台が陥落したら、ヤポンスキーと開城交渉というわけか！」

と、スミルノフが勝手に開城条件をでっち上げる。

「それでも私が生きていたら、降服など承知しかねる」

そのようにコンドラチェンコが断言した。ベールイが大きく頷く。我が意を得たりの表情を見せた。

対照的にスミルノフ、フォーク、そしてレイスの三人が、首を横に振って不満を表す。それはステッセルも同様と考えられた。

艦船への砲撃

一二月五日一四〇〇時の段階で、二〇三高地の一角を占拠した日本軍は、野戦電話で攻城砲兵との連絡手段を確保していた。砲兵将校が急ぎ山頂へと派遣され、早くも旅順港内への砲撃が始まる。

何しろ旅順港内が一望に見渡せるのだから、この着弾観測所の価値は大きかった。まず白玉山南に碇泊している戦艦群を目標とし、順を追って試射を開始する。弾着修正を行ないながら、目標の座標に砲弾を送りこむ、という手順を踏んでゆく。

戦艦や巡洋艦は艦船同士の砲撃戦を想定しているから、舷側や艦橋部分の装甲は頑丈である。けれど甲板は板張りだから、弧を描いて飛来する榴弾砲攻撃には、強

日本海軍と決戦する勇気なく、沈められたロシア海軍の艦艇

い防禦力を発揮できなかった。

第1師団後方に設けられていた、碾盤溝の攻城砲兵陣地から発射される大口径榴弾は、椅子山や小案子山の遙か上空を越えて、唸りを生じて落下し始める。暫く砲撃が続くうちに、命中弾が生じ黒煙が上がった。

砲撃を受けたことを知っても、艦船は急には動けない。火を落している汽罐を焚いて、錨を上げてという手順が必要になってくるのだ。とりわけ石炭を焚くのに時間を要した。

そうしているうちに、ポルタワに命中弾が生じる。あっという間に火薬庫へ誘爆、中天高く黒煙が激しく噴出し、艦の主要部分が吹っ飛ぶ。そのまま沈んでゆく。

旅順港を射程内に入れる砲という砲が火

を吐き、港内は矢継ぎ早に大きな水柱が立った。ポベーダが、次いでレトウィザーンにも命中弾があり、これらを大破させた。

ロシア軍の反撃がないと判断された六日の〇四〇〇時の時点で、二〇三高地頂上に砲兵のための着弾観測所の建設に入る。これは六時間を要して完成した。

それによって砲撃は一層のこと、正確さを増したのである。ペレスウェート、パルラダ、レトウィザーン、バヤーン、ポベーダなどに、次から次へと命中弾が生じた。黒煙が何条も上がり、その周辺に水柱が鮮やかに認められる。閃光が走ると炎が周辺を襲い、激しい黒煙が立ち籠めるのだ。

二〇三高地にいた日本軍将兵は、将校の双眼鏡でそうした様子を眺め、歓喜して万歳を連呼していた。寒さも空腹も何もかも忘れ、彼らは狂ったように泣く。それに加わらないでいる者たちは、負傷と疲労によって死んでいたのだった。

艦船への砲撃が続く。ロシア軍の戦艦や巡洋艦は、狭い港内を回避運動をしているが、港外へ出てゆく勇気に欠如していた。それどころか二〇三高地への砲撃の意志すら、一艦として全く示そうとしない。

砲撃は三日間続けられた。それが終了する頃には、もう港内にいた殆どの艦船が重大な損傷を負うか、艦底が海底に届いてしまっていた。

港外の碇泊地にいた戦艦セヴァストポリは、攻撃してきた日本海軍の水雷艇によって、魚雷を船尾に喰らって航行不能となる。旅順での修理は不可能であった。

かくして連合艦隊司令長官の東郷平八郎提督が、大本営に対して、そして満洲軍総司令部に要請していたロシア旅順艦隊の撃滅に、第3軍は辛うじて成功したのである。

直撃

ヴイソーカヤ山――二〇三高地が陥落して以来、日本軍の大規模な攻撃はまだ実施されていなかった。旅順港の戦艦や巡洋艦が殆ど沈んだり撃破されてから、これといった集中的な砲撃も見られていない。

一二月一六日も夜となり、これといった日本軍の動きは報告されず、静かな時間が経過していた。灯火の管制が行なわれているため、ロシア軍の確保していた地点は暗い。

ロマン・コンドラチェンコ少将は、その暗い登り勾配の道を、ザリーテルナヤ砲台――北鶏冠山砲台方面へと進んでゆく。目的地は第二堡塁――東鶏冠北砲台である。

そこへたどりつく寸前に、クロパトキン堡塁――東鶏冠山東南砲台があった。守備している東狙兵第25連隊は、連隊長が負傷後送されており、コンドラチェンコの参謀長――エフゲニイ・ナウメンコ中佐が、臨時の指揮官として赴いている。

「第二堡塁へ向かうところだが、一緒に行ってみないかね」

と、少将は信頼する部下を誘った。

「はい、もちろんご一緒します」

中佐は二つ返事で応じた。これまでのところ、今夜の攻撃はまずありえないと、彼も判断していたからである。

下馬したコンドラチェンコは、中佐を含めた四名ほどの将校を従え、連絡壕のなかを進んでゆく。先刻からまた降り始めた雪が、軍帽や外套だけでなく、彼の髭にまで積っていった。

途中から連絡壕は、日本軍の砲撃で掘り起こされ、壕の形状をなさないものとなっている。側壁に用いた丸太が崩れてしまい、彼らの障害物にすらなった。

「寒くなりそうですね」

「うん。だが、それにしても静かだ」

ときおり小銃の銃声しか聞こえないため、コンドラチェンコは「静か」という表現を使用した。登るにつれ風が強くなり、雪が彼らに横なぐりで吹きつけてくる。

第二堡塁に達すると、将校専用の掩蔽にと足を向けた。指揮官のラシェフスキー中佐があいさつする。その場にいた将校一人ずつと、少将は言葉を交わした。最新

東鶏冠山北堡塁の将校掩蔽
ここでロマン・コンドラチェンコ少将が戦死し、それを示す石碑があった

の戦況と日本軍の動きについて、彼らからの報告を受ける。

「敵はこの下の壕外壁回廊にいます。半分を敵が確保し、残り半分を味方が辛うじて保持しておりますが……」

と、ラシェフスキーが下を指で差してそう言った。

コンドラチェンコはその方面を視察し、状況を把握するとまた戻ってくる。少将が訪れていることを知って、いつしか将校たちが合計一五名ほどになった。

わずかな明るさのなかで、皆は日本軍の今後の攻撃について、話し合いを始める。そのときヒュルヒュルという音が聞こえ、将校たちは一瞬、緊張して耳を澄ます。かなり離れた地点で弾着が生じた。空気の震動が緊張度を高めた。

次のはもっと近かった。頭上でゴォーという、あの急行列車の通過してゆくような音が、空全体に拡がってゆく。掩蔽壕が揺らぐ。先刻とは較べものにならない、強い衝撃波が訪れた。

「閣下、ここは危険です」

将校たちの一人が、明らかに狙われている、といった感じで警告する。他にも数名、それに和した。

「危険なのは何処も同じだよ、戦場なんだからね」

と、コンドラチェンコは笑って相手にしない。

「次が」ナウメンコが不安になってそう告げた。「もっと近かったら狙いが定まったと考えるべきでしょう」

「では、次で判断しようじゃないか――」

「はい」

そうした会話のあと、また掩蔽壕の内部に静けさが訪れた。誰も彼も口数が少ない。緊張感が漂った。

空全体が落下してくるような、これまでより遙かに大きな音が接近してきた。急行列車が上下線とも、同時に駅を通過してゆく感じを受ける。

それは文字どおりの直撃弾となった。あまりにも正確な日本軍の二八センチ榴弾が、第二堡塁の将校専用掩蔽に命中、分厚いベトンを貫通して内部で炸裂した。

その場にいなかった当直将校が、慌てて現場に駆けつけてくる。掩蔽壕の裂け目という裂け目からは、凄まじい量の硝煙が流れ出していた。それが目に痛かった。

内部にコンドラチェンコがいると知って、駆けつけた兵士たちが瓦礫を除去する作業に入った。直ぐに一人二人と血まみれで意識のない将校が、引っ張り出される恰好で運び出される。

「少将は何処だ？」

「奥に――」

「どうだ、様子は？」

「脳漿が割れた後頭部から溢れ出しております。絶望的です」

と、咳こみながら兵士が報告してくる。

「駄目か？」

「中佐どの――ラシェフスキー中佐。それにナウメンコ中佐も戦死されました」

「ああ、何ということだ！」

若い中尉が天を仰いだ。彼は目の前が真っ暗になっていた。もう明日という日がないのでは、とまで思った。

救助に当たっている兵士たちもまた、同じように考えそれを口にした。誰もの脳裏を走ったのは、旅順がもうこれでお仕舞いだということであった。

要塞正面

二〇三高地を占領した日本軍は、旅順港のロシア旅順艦隊を撃滅、軍司令官の乃木希典大将は一応の面目をほどこした。これによって連合艦隊はいったん日本に戻り、バルト艦隊を迎撃するための決戦に備え、艦体総点検に入ることとなる。

問題は旅順のロシア軍をどうするか、という点であった。この時点ではまだ、ロシア軍からの降服の申し出はない。

満洲軍総司令部からは、早く旅順に片をつけて、北上するようにとの指示が入っていた。主力もまた兵力不足だったのである。常に敵に対して劣勢の戦いを強いられてきていたのだ。

第3軍の内部でも、松樹山方面を除き壊滅状態になった第1師団を含めて、第9師団と第11師団が収まらなかった。遅れて増援として到着した第7師団が、最も美味しいところをさらってしまったからであった。

師団同士あるいは連隊同士といった、各部隊のあいだの競争――それにたがいの功名心は凄まじいものがある。軍司令部が再度の降服勧告を視野に入れていたのを、断固反対したのが三人の師団長たちだった。

このとき軍司令部としては、三つの選択肢が考えられた。もちろんこれらは軍司令官の意向で、いかようにもなったはずなのだ。

第一は、前述の降服勧告である。ロシア旅順艦隊がほぼ全滅した現在、ロシア軍には旅順を死守する目的がないため、これに応ずる可能性は十二分にあった。

第二は、全砲火を旅順の旧市街と新市街へ集中し、瓦礫の山と化してしまうこと。これは二〇三高地にせっかく着弾観測所を設置したわけだから、極めて有効な砲撃を加えられるはずである。既に非戦闘員に対する退去勧告を出している以上、そうしたなかより死傷者が生じようが、日本軍には一切の責任などないので、全く問題ない戦法だ。

第三は、第9師団、そして第11師団の混成による、二〇三高地方面からの旅順市街突入作戦が考えられた。これは松樹山から東鶏冠山にかけてのロシア軍の防備を突破するより、遙かに少ない損害で目的を達成できるはずであった。

しかしながら三人の師団長、更にはそれらの参謀長たちが、こうした作戦で納得しなかった。あくまで要塞正面を突破することで、自分たちの面子を保とうとしたわけである。

軍司令部――軍司令官としては、北上して優勢なロシア軍と戦う必要上、ここは経験を重ねた将兵の温存を強く主張、方針を明示すべきだった。ところが乃木大将と伊地知少将のコンビは、こうした指揮統率の根本的な問題においても、主導権を握っていなかったらしい。

このため一二月一六日夜から砲撃を開始、そのうちの一弾が東鶏冠山砲台の将校掩蔽に命中、ロマン・コンドラチェンコ少将を戦死させたことになる。ロシア側では戦後、少将の行先が日本軍に洩れ、それによって狙われたとの説が存在した。もしそうだとしたら、日本軍もレヴェルの高い諜報戦を展開していた、ということになるだろう。

一七日からの東鶏冠山に対する第11師団の攻撃は、以前から掘り進んでいたトンネルに大量の爆薬を仕掛け、大爆発を生じさせ堡塁を破壊してゆく作戦となった。この威力は際立ったものとなり、あたかも東鶏冠山が大噴火を引き起こしたように見えた。

今日に残る一枚の絵葉書には、その爆発の瞬間が描かれているが、かなり広範にわたるロシア軍陣地が、空中高く吹っ飛ばされているのが判る。舞い上がっている土砂の量が何しろ凄まじい。そのため逆に日本軍の将兵が、進撃路を塞がれ機会を失する事態をも招く。

もちろんロシア軍将兵は、徹底的に抗戦を続けた。可能な限りの補充を行ない、有利な山頂に拠って戦い続けたのである。突撃してゆく日本兵は、ここでもまた機

東鶏冠山北砲台の真下に仕掛けた爆薬が大爆発した瞬間

関銃の掃射によって、多数の死傷者を出した。

指揮官たちは面子のために、突撃隊が全滅しても、また次の突撃隊の進撃を命じる。ここにおいても望台とか他の砲台や堡塁からの支援攻撃により、徒に損害を増大させていたのである。

一八日の夜になってもこれが続いた。雪が降ったり止んだりで、気温は零下に達している。塹壕の土は凍てつき、呼吸は長く白い尾を曳き、最悪の条件下で双方の将兵たちは戦っていた。

ロシア軍側は途中から補充がなくなり、各拠点の守備兵の数は極端に減少してゆく。ついには一〇〇名以下の堡塁が相次ぐ。

日付が改まる寸前の二三〇〇時に、夜陰

に乗じて集結した日本軍将兵は、ついに東鶏冠山北堡塁に突入、ロシア軍将兵を銃剣突撃で圧倒、ついに全員を刺殺して占領に成功する。一時間近い激闘の末であった。

遅れてならじと第9師団は、一二月二八日に敵堡塁の地下のトンネルが完成、二龍山の全山制圧を目指した。ここでもまたトンネルに仕掛けた大量の爆薬によって突破口を拓き、歩兵の突撃に入ったのである。

ところがロシア軍将兵も、これまでの防戦の経験を十二分に活かし、必死の抵抗を企てた。またしても悪夢のような、一進一退の肉弾戦が展開され、日本軍将兵は死傷者多数を出し膠着状態に陥る。

夜を迎えて敵陣に接近した日本軍将兵は、堡塁の喉元にと数次の突撃を敢行、二〇〇〇時にその一角を確保する。それから更に進撃を続け、ロシア軍砲兵陣地に突入したのは、二九日〇六〇〇時だった。

第1師団の松樹山攻撃は、一九〇四年もあと一日だけと押し迫った、一二月三一日のことである。敵陣の直下までトンネルを掘り進めるのに、他より時日を要したためだ。

砲台の地下に仕掛けた爆薬の量は、残りをすべてかき集めたことにより、他所の二倍もに達したのであった。その爆発の凄まじいことは想像を絶し、砲台とその周

大案子山堡塁。無風地帯だったことで完全な姿で残された

椅子山の堡塁。戦闘がなかったため殆ど原型を留めていた

辺が基礎から吹き飛ばされ、そこにいたロシア軍将兵は殆どすべてが死傷してしまう。

日本軍の将兵が一気に突入すると、ロシア軍将兵はよしんば生きていたとしても、呆然自失し戦意喪失の状態だった。戦うどころではなかったのだ。

かくして旅順要塞の最も堅固な部分が、ことごとく日本軍の占領するところとなる。ロシア軍は内側の防衛線しかもう残されていない状態となった。

降服

ロマン・コンドラチェンコ少将の葬儀は、一二月一八日にとり行なわれた。それが終わると、旅順の雰囲気は一気に絶望的なものとなり、ロシア軍将兵の士気は低下の一途をたどる。

第二堡塁――東鶏冠山北砲台が陥落すると、そこを着弾観測所にして、旧市街への砲撃が正確さを増した。凄まじい唸りを生じて落下してくる一一インチ――二八センチ榴弾は、後方をも最前線にしてしまったのである。

第三堡塁――二龍山堡塁が陥落すると、軍司令官のアナトリイ・ステッセル中将は、大きな動揺を示した。第三砲塁――松樹山堡塁と砲台方面でも、危険な兆候が見られるとの報告が入っている。爆破の前触れである、トンネルを掘る音がロシア軍陣地の真下に達したからだった。

一九〇四年一二月三一日——。

ステッセルは自分の邸宅に、旅順にいる将軍や提督たちを集め、最終的な会議を催した。その場で合意が得られれば、降服したいというのが本音だったのだ。

アレクサンドル・フォーク中将とその部下たちは、もうこれ以上の抗戦が無理だと主張した。壊血病や伝染病などの流行も、その有力な理由となっていた。

ステッセルとその参謀長——ヴィクトル・レイス大佐も、防衛線が縮小された現在、これ以上戦い続けられない、という意見に傾いている。

第一線の指揮官たちは、断固として抗戦を続けようと、強い口調で力説した。その場では彼らの意見が通った。

「アナトリイ・ミハイロウィチ。残る一万二〇〇〇の将兵でどう戦うのですか？」

と、フォークが抗戦派の帰った直後、ステッセルに喰い下がった。

「私も同感です、閣下！」

レイスもまた、そう言って賛成する。彼は後半戦から終始にわたって、消極的な意見を述べていたのである。そのときまた弾着が生じ、ステッセルの邸がグラグラと揺れた。

「一応、彼らの手前はああでも言っておかんとな」

ステッセルは苦しい言い訳をした。第一線の指揮官の迫力の前に、押されっ放しになったからだ。

「病院をごらんください。定員の三倍が押しこまれています。しかも伝染病患者と重軽傷者が一緒です。壊血病も広がっており、重症の者は動けません」

更にレイスは続けた。それは事実である。野菜や果物の欠乏が致命的となり、これが壊血病の流行に拍車をかけていた。

「それはヴィクトル・アレクサンドロウィチ、私も承知している」

と、ステッセルが自分の参謀長の言葉に頷く。

「バロン・ノギに降服開城の申し入れを、アナトリイ・ミハイロウィチ！」

フォークが強く迫った。あたかも彼の発言に合せたごとく、榴弾が落下してきて空を覆う。その音が途絶えて一呼吸するかしないかのうちに、轟音と衝撃波がほぼ同時にやってきた。

「よし、降服しよう」

「よろしいですな？」

「明日だ、ノギに届けるのは。年内一杯は頑張ったことになるからな――」

「いいでしょう」フォークが納得する。「あなたは一万二〇〇〇の配置に就いている将兵の生命を救った！」

「妻は何と言うだろうか……」

ステッセルは情けないことを口にした。彼の行動の多くは、ウエラ・アレクセーエヴナの言うとおりだというのが、旅順での専らの噂であった。

心理的な揺さぶりを続けるかのように、一定の間隔で榴弾が落下していた。その弾着が生じるたびに、旅順の旧市街は少しずつ破壊されていったのである。

水師営の会見とそれ以後

一九〇五年一月二日——。

第3軍司令官乃木希典大将の軍司令部に、ロシア軍の佐官を中心とする小集団が、乗馬して姿を見せた。

午後に入って直ぐ開始された開城の交渉に出席する、ロシア側の全権代表——軍司令官参謀長ヴィクトル・レイス大佐、それに海軍を代表して戦艦レトウィザーン艦長シチェンスノウィチ大佐であった。もちろん彼らは開城賛成派だ。

日本側の全権代表は、やはり軍司令官の参謀長——伊地知幸介少将と、第1艦隊参謀長岩村団次郎中佐である。双方とも全権代表だから、軍司令官に承諾を得ずとも、その場での決定権を有していた。

ここで一一か条からなる開城規約が署名され、戦闘行為の停止が実施された。四

水師営の会見を描いた記念絵葉書
乃木希典大将は武士道精神を発揮し、世界にその名を知られた

時間にわたる会談は、さほど大きな問題もなく、合意に達したのだ。

それから三日後の一月五日、場所も同じ水師営において、二人の軍司令官――乃木希典大将と、アナトリイ・ステッセル中将との会見が行なわれた。ここにおいて日本側は、中将に対し破格の好待遇を与え、帯剣を許すなど対等の立場で、出席を許したのである。また外国の報道機関に対しては、昼食後のうちとけた場面しか撮影を許さなかった。これが日本の武士道として、広く世界に知れ渡ったのは言うまでもない。

乃木は武士道の権化として、名将の扱いを受けた。しかしながら旅順攻防戦を通じての、日本軍の損害を知ると愕然とさせられる。たび重なる補充を受け従軍した将兵は実に一三万名にもなり、戦死者が一万五四〇〇、負傷者が四万四〇〇〇以上に達したのだ。つまり死傷者六万といった大損害を被り、死傷率は四六パーセントという驚くべき高さを記録していた。

攻城戦において勝利を得た側が、高い死傷率を示した実例としては、一四五三年のコンスタンティノープル陥落のとき以来である。このときのメフメット二世の戦法は、かき集めた盗賊同然の者たちまで突撃に参加させ、ただひたすら突っこませたのだった。

それと五十歩百歩の戦術展開が、機関銃の発達しつつあった二〇世紀初頭――すなわち四五〇年に実施されたこと自体、大きな驚きなのである。乃木とその幕僚たちは、弱体の清国軍と戦った、一〇年前の日清戦争の延長線上で、ロシア軍と戦っていたのだ。

のちに明治の日本陸軍の軍人に較べ、昭和の軍人――軍閥はと言われた。たしかに児玉源太郎大将や黒木爲楨大将といった、いつの時代にも通用する傑物がいたのは事実であろう。

しかしながらそうとばかりは言えない。その一端が旅順における攻防戦においても垣間見られた。

その第一は、学習能力の欠如だ。単調な戦術の繰りかえしと、拙劣な戦略思想によって、第3軍内部での局面打開ができなかったことが、それを証明しているのである。ロシア軍は日本軍の攻撃パターンを読んでおり、激烈な砲撃と突撃に耐えていた。

第二は、海軍への異常な対抗意識だ。第3軍司令部の幕僚たちは、海軍から指摘された二〇三高地の攻撃に、拒絶反応を示したことでも判る。一方で二〇三高地攻撃を主張した伊地知も、二八センチ榴弾砲の受け入れに強く抵抗した。もし二八センチ榴弾砲がなければ、旅順開城は食糧切れの一九〇五年二月末となり、あと少なくとも二万からの将兵が死傷したに違いない。

この当事者の無能参謀長――伊地知は、旅順における拙い戦争指導について、全く責任を感じていなかった。その責任は最後まで、大本営や満洲軍総司令部のせいだと、強弁を展開したのである。六万もの死傷者を出したことを当然と考えていた、恥ずべき軍人と断言してよいだろう。

無能と言うなら軍司令官――乃木が最右翼だ。この軍人に不適だった単なる精神主義者は、突撃一本槍の戦法が通用しないと知ると、どう戦ってよいか判らなくなってしまっていた。柳樹房のような遙か後方に軍司令部を置いたこと自体、戦略的センスにも欠けていたと考えられる。

乃木は第3軍司令官の地位を安堵され、一月一六日に他の三軍と合流するため、

唯一報道関係者に撮影が許された水師営の会見の記念写真

満洲を北上していった。伊地知は参謀長の職を解かれ、旅順要塞司令部の司令官に任じられた。

ステッセルは帰国後、軍法会議にかけられており、翌一九〇六年に死刑を宣告された。そして〇八年に禁錮一〇年にと減刑を受け、〇九年に釈放されている。そして第一次世界大戦さなかの一五年に、失意のうちに六七歳でこの世を去った。

一方の乃木は旅順で拙い指揮をしたことで、東京・赤坂の自宅が投石を受ける始末であった。日露戦争後もその評価は低かった。あるとき路上でシジミ売りの少年を見かけた大将が、

「年端もいかぬのに何故?」

と、問いかけたことがあった。

「乃木という莫迦な大将が下手な戦さをし

たんで、父ちゃんが旅順で死んじまったからだ！」

乃木の顔を知らぬその少年の厳しい返答に、乃木は呆然絶句して立ち尽したという。これが日露戦争直後の一般的な声だったと言えた。

そうした空気が大きく変ったのは、明治四五年――一九一二年の明治天皇の大葬直後である。赤坂の自宅において、乃木と静子夫人が自刃したからだった。自宅跡に乃木神社が建立され神格化が進み、昭和に入って一二年――一九三七年には葉書用の2銭切手に、その肖像が描かれたのであった。これは葉書料金の値上げに伴い、昭和一九年――一九四四年からは、3銭切手となったことが知られる。

乃木希典大将を描く２銭切手
私製葉書や絵葉書などに使用された

私は少年時代、戦争に行った経験者から戦場の話を聞くのが、ことのほか大好きであった。たいていは日中戦争以降の話だったが、ときおり日露戦争の従軍者もいた。そうしたなかで第3軍にて旅順を戦った二人は、決して葉書に乃木2銭切手とか3銭切手を使用しなかったという。朱印船の5厘切手や稲の刈入れの1銭切手などを複数貼ったのだ。

当時の空気から公然と乃木批判ができないため、そうした形で抵抗を示し、その下手な作戦で死んだ戦友たちへの配慮としたのである。

最後にロシア軍側の名将――戦死したロマン・コンドラチェンコ少将について、述べておこう。まだ四歳の娘がいた少将の遺体は、いったん旅順で埋葬されたものの、開城後に本国送還を許されてロシアへ運ばれた。そしてサンクト＝ペテルベルクのネヴァ河畔にある、アレクサンドル・ネフスキー修道院に英雄として埋葬された。

参考文献

日露戦争　全15巻　参謀本部編纂　徳間書店
日露戦争　上・下（桑田忠親　監修）　文芸春秋新社
軍閥興亡史　伊藤正徳　文芸春秋新社
大海軍を想う　伊藤正徳　文芸春秋新社
旅順口　上・下　A・ステパーノフ（李世駿　他訳）　大連出版社
名将たちの決断　柘植久慶　中公文庫
世界の会戦　〃　中央公論新社

本書は、書き下ろし作品です。

著者紹介

柘植久慶（つげ　ひさよし）

1942年愛知県生まれ。1965年慶応義塾大学法学部政治学科卒。在学中より、コンゴ動乱やアルジェリア戦争に参加。1970年代初頭よりアメリカ特殊部隊に加わり、ラオス内戦に従軍する。1986年より作家活動に入る。

著書多数。

PHP文庫　旅順
日露決戦の分水嶺

2001年3月15日　第1版第1刷
2003年6月26日　第1版第4刷

著者　柘植久慶
発行者　江口克彦
発行所　PHP研究所
東京本部　〒102-8331 千代田区三番町3番地10
文庫出版部　☎03-3239-6259
普及一部　☎03-3239-6233
京都本部　〒601-8411 京都市南区西九条北ノ内町11
PHP INTERFACE　http://www.php.co.jp/

制作協力
組版　PHPエディターズ・グループ
印刷所
製本所　凸版印刷株式会社

ISBN4-569-57524-2

PHP文庫

相部和男　非行の火種は3歳に始まる
麻倉一矢　吉良上野介
阿川弘之　論語知らずの論語読み
井原隆一　財務を制するものは企業を制す
板坂　元　男の作法
板坂　元　紳士の作法
板坂　元　男のこだわり
池波正太郎　霧に消えた影
池波正太郎　信長と秀吉と家康
池波正太郎　さむらいの巣
井上洋治　キリスト教がよくわかる本
稲葉　稔　大村益次郎
磯淵　猛　おいしい紅茶生活
石川能弘　山本勘助
石島洋一　決算書がおもしろいほどわかる本
飯田史彦　生きがいの創造
飯田史彦　生きがいのマネジメント
梅原　猛　『歎異抄』入門

内海好江　気遣い心遣い
瓜生　中　仏像がよくわかる本
内田洋子　イタリアン・カップチーノをどうぞ
江坂　彰　2001年・サラリーマンはこう変わる
遠藤周作　あなたの中の秘密のあなた
江口克彦　心はいつもここにある
奥宮正武　真実の太平洋戦争
奥宮正武／淵田美津雄　ミッドウェー
奥宮正武／淵田美津雄　機動部隊
小和田哲男　戦国合戦事典
尾崎哲夫　10時間で英語が話せる
尾崎哲夫　10時間で英語が読める
尾崎哲夫　英会話「使える表現」ランキング
尾崎哲夫　10時間で覚える英単語
尾崎哲夫　10時間で英語が書ける
尾崎哲夫　10時間で英語が聞ける
尾崎哲夫　英会話「使える単語」ランキング
尾崎哲夫　10時間で覚える英文法

越智幸生　小心者の海外一人旅
大前研一　柔らかい発想
小栗かよ子／堀田明美　エレガント・マナー講座
大島昌宏　結城秀康
大島昌宏　柳生宗矩
太田颯衣　5年後のあなたを素敵にする本
唐津　一　販売の科学
唐津　一　儲かるようにすれば儲かる
加藤諦三　自分にやさしく生きる心理学
加藤諦三　自分を見つめる心理学
加藤諦三　「思いやり」の心理
加藤諦三　愛すること愛されること
加藤諦三　「やさしさ」と「冷たさ」の心理
加藤諦三　自分の構造
加藤諦三　人生の悲劇は「よい子」に始まる
加藤諦三　「甘え」の心理
加藤諦三　安心感
加藤諦三　愛を後悔している人の心理

PHP文庫

加藤諦三 「自分づくり」の法則
加藤諦三 偽りの愛・真実の愛
加藤諦三 「こだわり」の心理
加藤諦三 「妬《ねた》み」を「強さ」に変える心理学
加藤諦三 「つらい努力」と「背伸び」の心理
加藤諦三 「安らぎ」と「焦り」の心理
加藤諦三 「自分」に執着しない生き方
加藤諦三 「不機嫌」になる心理
加藤諦三 終わる愛 終わらない愛
加藤諦三 人を動かす心理学
加藤諦三 「せつなさ」の心理
加藤諦三 行動してみることで人生は開ける
加藤諦三 「妬み」を捨て「幸せ」をつかむ心理学
笠巻勝利 仕事が嫌になったとき読む本
笠巻勝利 眼からウロコが落ちる本
加野厚志 島津義弘
加野厚志 本多平八郎忠勝
川北義則 "自分の時間"のつくり方・愉しみ方

川村真二 恩田木工《もく》
樺旦純 嘘が見ぬける人、見ぬけない人
樺旦純 ウマが合う人、合わない人
加藤蕙 島津斉彬
川島令三 編著 鉄道なるほど雑学事典
川島令三 編著 鉄道なるほど雑学事典2
川島令三 編著 通勤電車なるほど雑学事典
金盛浦子 あなたらしいあなたが一番いい
神川武利 秋山真之
快適生活研究会 「料理」ワザあり事典
快適生活研究会 「生活」ワザあり事典
狩野直禎 「韓非子」の知恵
嘉藤徹 小説 封神演義
邱永漢 お金持ち気分で海外旅行
桐生操 イギリス怖くて不思議なお話
桐生操 イギリス不思議な幽霊屋敷
桐生操 世界史怖くて不思議なお話
桐生操 世界の幽霊怪奇物語

桐生操 世界史・呪われた怪奇ミステリー
北岡俊明 ディベートがうまくなる法
北岡俊明 最強ディベート術
菊池道人 丹羽長秀
北嶋廣敏 話のネタ大事典
国司義彦 新・定年準備講座
黒部亨 後藤又兵衛
黒岩重吾 古代史の真相
黒岩重吾 長部日出雄 他 時代小説秀作づくし
国沢光宏 とっておきクルマ学
公文教育研究所 太陽ママのすすめ
黒鉄ヒロシ 新選組
國分康孝 人間関係がラクになる心理学
國分康孝 自分を変える心理学
國分康孝 自分をラクにする心理学
児玉佳子 須藤亜希子 赤ちゃんの気持ちがわかる本
近藤唯之 プロ野球 新サムライ列伝
近藤唯之 プロ野球名人列伝

PHP文庫

谷沢永一 山本七平の智恵
谷沢永一 反日的日本人の思想
谷沢永一／渡部昇一 人生は論語に窮まる
田中澄江 子供にいい親 悪い親
田中澄江 「しつけ」の上手い親・下手な親
田中澄江 かしこい女性になりなさい
田中澄江 続・かしこい女性になりなさい
武光 誠 18ポイントで読む日本史
田中真澄 人生は最高に面白い!!
高橋克彦 幻想ホラー映画館
田原 紘 「絶対感覚」ゴルフ
田原 紘 右脳を使うゴルフ
田原 紘 目からウロコのパット術
田原 紘 田原紘のイメージ・ゴルフ
田原 紘 飛んで曲がらない「二軸打法」
田原 紘 ゴルフ下手が治る本
田原 紘 負けて覚えるゴルフ
田原 紘 実践50歳からのパワーゴルフ

田原 紘 ゴルフ曲がってあたりまえ
高橋和島 福島正則
高橋勝成 ゴルフ最短上達法
立川志の輔 選・監修／PHP研究所 編 古典落語100席
立川志の輔 監修／古木優・高田裕史 編 千字寄席
高橋安昭 会社の数字に強くなる本
高野 澄 上杉鷹山の指導力
高野 澄 井伊直政
田島みるく 文／絵 お子様ってやつは
田島みるく 文／絵 「出産」ってやつは
高嶌幸広 説明上手になる本
高嶌幸広 説得上手になる本
立石 優 忠臣蔵99の謎
立石 優 鈴木貫太郎
立石 優 范《はん》蠡《れい》
竹内靖雄 イソップ寓話の経済倫理学
柘植久慶 北朝鮮軍 ついに南侵す！
出口保夫 文／出口雄大 イラスト 英国紅茶への招待

出口保夫／林 望 イギリスはかしこい
寺林 峻 服部半蔵
帝国データバンク情報部 編 危ない会社の見分け方
童門冬二 「情」の管理・「知」の管理
童門冬二 上杉鷹山の経営学
童門冬二 戦国名将一日一言
童門冬二 上杉鷹山と細井平洲
童門冬二 名補佐役の条件
戸部新十郎 忍者の謎
外山滋比古 聡明な女は話がうまい
外山滋比古 文章を書くこころ
外山滋比古 新編 ことばの作法
土門周平 参謀の戦争
永崎一則 人はことばに励まされ、ことばで鍛えられる
永崎一則 接客上手になる本
中村幸昭 マグロは時速160キロで泳ぐ
中村幸昭 旬の食べ物驚きの薬効パワー！
中谷彰宏 大人の恋の達人

PHP文庫

PHP文庫

松下政経塾 編 松下政経塾講話録
松下幸之助 物の見方 考え方
松下幸之助 指導者の条件
松原惇子 いい女は頑張らない
松原惇子 そのままの自分でいいじゃない
松原惇子 「いい女」講座
松野宗純 人生は雨の日の托鉢
町沢静夫 絶望がやがて癒されるまで
的川泰宣 宇宙は謎がいっぱい
的川泰宣 宇宙の謎を楽しむ本
毎日新聞社 話のネタ
毎日新聞社 「県民性」こだわり比較事典
マザー・テレサ マザー・テレサ愛と祈りのことば
三浦朱門／曽野綾子／遠藤周作 まず微笑
水上勉 「般若心経」を読む
宮脇檀 都市の快適住居学
宮部みゆき 初ものがたり
宮部みゆき／安部龍太郎／中村隆資 他 運命の剣のきばしら

宮野澄 小澤治三郎
満坂太郎 榎本武揚
三宅孝太郎 安国寺恵瓊
三戸岡道夫 保科正之
水木しげる 監修 妖かしの宴
村山孚 「論語」一日一言
守屋洋 中国古典一日一言
百瀬明治 徳川秀忠
森本繁 北条時宗と蒙古襲来99の謎
森本邦子 わが子が幼稚園に通うとき読む本
安井かずみ 女の生きごこち見つけましょ
安井かずみ 自分を愛するこだわりレッスン
安井かずみ 30歳で生まれ変わる本
八尋舜右 竹中半兵衛
八尋舜右 立花宗茂
山崎武也 一流の条件
山崎武也 一流の作法
山崎房一 いじめない、いじめられない育て方

山崎房一 強い子・伸びる子の育て方
山崎房一 心が軽くなる本
山崎房一 心がやすらぐ魔法のことば
山崎房一 子どもを伸ばす魔法のことば
山田正二 監修 間違いだらけの健康常識
八幡和郎 47都道府県うんちく事典
スーザン・ヘイワード 編／山川紘矢・亜希子 訳 聖なる知恵の言葉
唯川恵 明日に一歩踏み出すために
吉村作治 古代遺跡を楽しむ本
吉沢久子 暮らし上手は生きかた上手
吉田俊雄 連合艦隊の栄光と悲劇
竜崎攻 真田昌幸
渡辺和子 愛することは許されること
渡部昇一 現代講談 松下幸之助
鷲田小彌太 「自分の考え」整理法
ブライアン・L・ワイス 編／山川紘矢・亜希子 訳 前世療法
ブライアン・L・ワイス 編／山川紘矢・亜希子 訳 前世療法 2
ブライアン・L・ワイス 編／山川紘矢・亜希子 訳 魂の伴侶—ソウルメイト